LE

PAYS BREDA

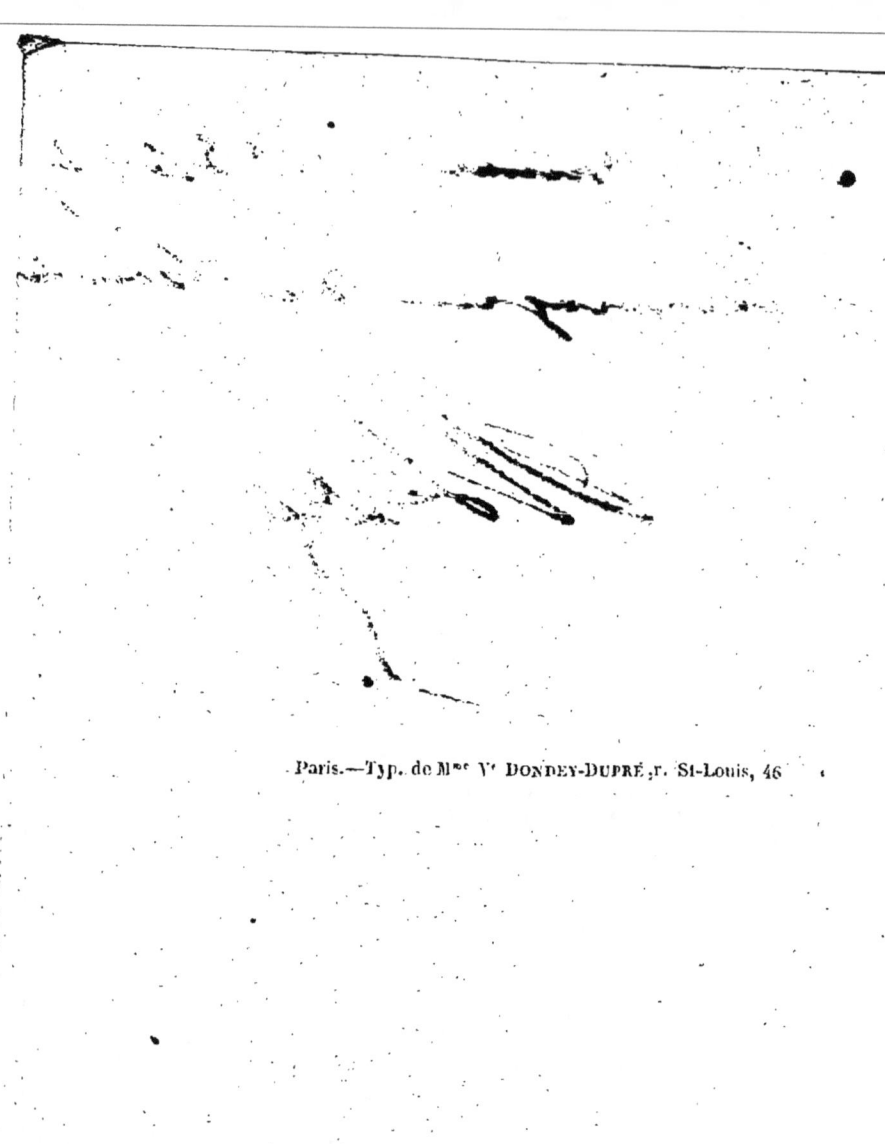

Paris.—Typ. de Mme Vᵉ DONDEY-DUPRÉ, r. St-Louis, 46

LE

PAYS BREDA

PAR

ONEDDY VITREUIL

PARIS

MICHEL LÉVY FRÈRES, LIBRAIRES-ÉDITEURS

RUE VIVIENNE, 2 BIS.

1853

Monsieur,

Monsieur Edmond V. . . . .

Rue. . . . . n^o. . . . .

A Paris.

Mon cher Edmond,

Quand je pense aux malédictions que vous avez
accumulées sur ma tête depuis ma disparition de
la scène du monde, quand je songe aux courses et
aux démarches que vous avez nécessairement faites
pour me retrouver, quand je réfléchis à vos fu-
reurs et à vos colères, à vos plaintes et à vos reproches mérités, j'hésite un peu, je vous l'assure, à

continuer cette lettre ; mais j'ai ma conscience qui
dort à mes côtés comme une épée au fourreau, et,
sans peur comme sans bravade, fort de moi-même,
je continue.

C'est vous qui, le premier, cher Edmond, m'avez
mis une plume à la main, c'est vous qui m'avez
dit ces paroles : « Travaillez ; la jeunesse et l'avenir
sont votre bien : si vous voulez faire, vous le pouvez ;
imagination et style, tout cela est trop fougueux :
mais on finit toujours par dompter un cheval, et
ce n'est pas un défaut qu'il aille trop vite, quand
on peut le modérer. Une seule chose est à craindre,
c'est le milieu dans lequel vous vivez, milieu qui
vous entraîne au *far niente :* ce qui a tué les Turcs
c'est le *kieff,* et encore avaient-ils le climat pour excuse... prenez garde qu'il ne vous tue à votre tour.
Si riche qu'elle soit, disiez-vous encore, votre imagination peut se rouiller, mettez bien vite la clef
dans la serrure, polissez-la un peu avec le bon
goût afin qu'elle ne crie pas trop : vous avez été
élevé par deux femmes supérieures, souvenez-vous-
en, prenez leurs grâces, leurs manières douces et

félines, ajoutez-y un peu de votre force, et si vous n'arrivez pas, c'est que le diable s'en mêlera, et je n'y crois pas. »

Vous m'avez tant de fois répété ces excellents conseils, inspirés par votre généreuse amitié, qu'un beau jour, convaincu, persuadé, heureux de moi-même, j'ai ceint mes reins, pris le bâton de voyage et suis parti : j'avais, je dois vous le dire, oublié le manteau de paresse dans lequel je me drapais si bien.

J'hésitais entre les Pyrénées et la Touraine, c'est ce qui fit que je me fixai au bas Meudon, entre une rivière et une forêt.

Il n'est rien de tel qu'un poltron pour avoir du courage : le tout est de s'y mettre ; renfermé dans le silence de la méditation, protégé par une solitude complète, j'ai ramassé des souvenirs de jeunesse, je me suis rappelé ce que j'avais vu, ce que l'on m'avait raconté, et j'ai fait, vous allez rire, j'ai fait un livre.

Ce livre est composé de faits vrais, tous se sont passés dans le pays dont j'ai essayé de tracer quelques esquisses...

Maintenant ne vous alarmez pas du titre que vous lisez sur cette couverture... si c'est une description de mœurs un peu lestes, s'il s'y rencontre quelques passages risqués, il y a toujours une gaze, un voile si léger qu'ils soient; enfin, que vous dirai-je, je puis avouer ce livre et marcher le front haut et levé : on pourra dire c'est détestable, mais non c'est honteux : je n'ai jamais eu de penchant pour la réputation de M. le marquis de Sades, et je crois qu'à force de tremper sa plume dans la boue, on s'éclabousse le cœur. Un mot encore : si certains épisodes de ce livre vous semblent invraisemblables, n'en accusez que les acteurs : souvenez-vous que mon rôle se borné à celui de conteur. On n'a jamais pu expliquer les femmes... et je me crois trop faible pour entreprendre cette tâche.

Ce volume, je vous l'envoie, jugez-le, et s'il en vaut la peine, si vous ne vous êtes pas trompé dans vos prédictions, si votre amitié pour moi ne vous a pas aveuglé, j'affronterai le jugement du public.

Est-il nécessaire de vous dire qu'il vous est dédié? non : nous nous connaissons assez tous les deux pour ne douter ni de l'un ni de l'autre.

Lisez et décidez ensuite du sort de votre très-dévoué,

ONEDDY VITREUIL.

COMMENT ON AIME.

Mon ami Henri remontait un soir la rue des Martyrs, il allait tourner le coin de la rue de Navarin, où il résidait, lorsque le bruit d'une altercation vint frapper ses oreilles. Mû par un sentiment de curiosité, il s'approcha du théâtre de la dispute. C'était une femme qu'insultaient des misérables sortis d'un de ces bouges infâmes qui ceignent Paris d'une couronne de boue, comme des roses blanches le front d'une jeune vierge.

Se jeter dans la mêlée, prouver à ces hommes par des voltes habilement conduites qu'il était le digne élève de Lecourt, et les mettre en fuite, fut pour Henri l'affaire d'un instant.

Puis se retournant :

— Je crois, madame, dit-il, que vous pouvez maintenant continuer votre route, sans aucun danger. Oh! ne me remerciez pas, continua-t-il en voyant qu'elle allait parler; ce que j'ai fait pour vous, je l'eusse fait pour toute autre. Adieu, madame.

— Alors adieu et merci, monsieur.

— Cela n'en vaut pas la peine.

Puis la femme s'éloigna.

Henri était resté à la même place, la regardant partir en mâchonnant sa moustache, quand tout à coup : « Sacrebleu ! s'écria-t-il, j'ai oublié de la voir !... Bah ! elle était peut-être laide et vieille. » Sur quoi, enchanté de sa philosophie, mon ami Henri alla se coucher.

Maintenant, quelques mots sur lui.

Mon ami Henri était d'une famille noble, honnête et riche : placé à l'âge de quinze ans à l'École navale par son père, ancien général, et qui dans ce but, chimère de sa vie, lui avait donné une éducation forte et sévère, où il avait fait aborder de front à son fils les exercices du corps et de l'esprit; officier démissionnaire à cause d'une ophthalmie terrible gagnée sous le soleil de l'Inde, il s'était trouvé, à l'âge de vingt-cinq ans, au bout de dix ans de service, à la tête de vingt mille livres de rente. Aussitôt, pressé de jouir après tant d'années de privations et de souffrances, chevaux, voitures, armes de luxe, société plus ou moins choisie des deux sexes, avaient envahi son existence ; cinq ans cette vie avait duré ; cinq ans, saturé d'oisiveté et de jouissances, il avait promené son ennui dans les régions les plus extravagantes de la débauche ; il en avait si bien fait le voyage au Pôle (qu'on nous permette une expression nautique) que sa mère, justement alarmée, avait dû prendre des mesures pour sauver les débris de sa fortune, déjà largement ébréchée ; en un mot, il était *doué* d'un conseil judiciaire. Furieux de cet échec inattendu, mon ami Henri refusa la pension de six mille francs qu'on lui offrait ; puis, avec l'insouciance d'un homme de mer, il s'embarqua sur l'océan d'une vie nouvelle, et, fermant les yeux à ses difficultés terribles, commença fièrement le voyage, après avoir, comme les anciens, secoué la poussière de ses sandales sur le seuil maternel. Pendant deux ans il sut, conseillé par une expérience acquise à ses dépens, comme toutes les expériences, se maintenir dans un milieu convenable d'aisance et de confortable ; mais, comme pour subvenir à tous ses frais il fallait trouver un moyen de payer, et qu'il avait une sainte horreur des dettes, il se jeta sur les débris de sa splendeur passée ; seulement, à force de vendre sans acheter, il descendit rapidement l'échelle de la prospérité, et se trouva un beau jour, de dégringolades en dégringolades, dans une chambre au cinquième de la rue de Navarin : c'est là que nous l'avons trouvé.

Il était grand (5 pieds 8 pouces dernier passe-port), svelte, et avait toujours conservé cette démarche du marin, accidentée comme les flots qui le portent... ; de grands yeux bleus frangés de longs cils et ombragés de vrais sourcils châtains, des cheveux ordinaires encadrant un large bloc de marbre qui lui servait de front, voilà son portrait physique. Il est vrai de dire qu'il portait toujours des redingotes marquant la taille, des bottes et des gants des meilleurs faiseurs. D'après ses amis, c'était pour faire valoir sa taille et ses extrémités de gentilhomme (c'est un mot consacré). Ajoutons que somme toute, c'était un beau garçon.

Le lendemain, mon ami Henri se leva pour aller aux Batignolles ; il allait assister au couronnement réitéré de la fille de sa portière, fort affectionnée par lui et méritant à juste titre cette preuve de condescendance, et voire d'amitié (ses amis, les mêmes, ont prétendu depuis que le vrai motif se trouvait dans une dette de soixante francs) : c'était beau; il devait en être récompensé, et voici comment. Du reste, il avait vu à midi sonnant une araignée blonde comme les cheveux de la Bethsabée du roi David et du Dominiquin... et sur le dicton vieux et seul vrai, araignée du midi, souris, s'appuyant sur une fausse épine de trente-deux sous, achetée la veille sur le boulevard, se cambrant dans une redingote, vieille amie qu'il était sur le point de perdre, le chef gracieusement surmonté d'un Pinaud de deux printemps, ganté de frais et chaussé de vieux, comme feu le comte d'Orsay, il avait alègrement, et d'un pied leste, accompli ce pèlerinage et gravi ce calvaire d'une hauteur de trois louis.

Dans un jardin assez convenable, celui de la maîtresse, réservé à ses loisirs et à ces cérémonies, sous une tente de coutil pareil au papier des antichambres ondulant ses draperies déjà passées à plusieurs soleils, était une estrade ornée de fauteuils réservés aux notabilités du pays, et de tables chargées de livres, surmontée d'une musique indigène hurlant les airs les plus à la mode et des banquettes destinées aux bals, premières communions, enterrements, mariages, *et tutti quanti*. Voilà le coup d'œil.

Maintenant, figurez-vous des bonnets pyrami-
daux, des turbans de **1815**, des chapeaux extrava-
gants, des robes d'une incohérence de façons et de
couleurs cherchant à reproduire le spectre solaire;
joignez au tout des extrémités revêtues comme jamais, des têtes de carnaval, et vous aurez le ho-
chepot qui se pavanait sur lesdites banquettes.

Exagération !... direz-vous.

Napoléon n'a pas cru Fulton venant lui proposer
les bateaux à vapeur, et il n'a pas effectué la gigan-
tesque descente du camp de Boulogne, nouvelle
conquête des Gaules du nouveau César...

Répondez à cela !...

Heureux du pronostic déjà nommé, Henri, confondu aux derniers rangs de la foule, avait bravement, comme d'Assas criant : « A moi, d'Auver-
gne ! » répondu à l'appel de la concierge, qui le dé-
mêlant de la foule avec les yeux de lynx de la mère
et du créancier réunis, l'avait interpellé lors de la
première nomination de sa fille. Il était donc venu
s'asseoir à ses côtés comme Macbeth aux côtés de
Banquo, d'abord; puis, tombant aux souvenirs de sa
mère et de sa tante, deux saintes femmes qui lui -
avaient dévoué leurs vies et n'avaient eu qu'un seul

tort, celui de garder sa fortune contre ses folies, il s'était mis à songer...

Une affreuse note de trombone le réveilla.

— Faut-il dire qu'une perle habilement dissimulée dans ses moustaches avait témoigné un regret?

— Oui.

— On le lui aurait dit qu'il aurait, en honnête homme, répondu de la même façon.

Au même instant, mademoiselle Sydonie déposait sur ses genoux sa dernière couronne, son plus gracieux sourire et son meilleur dessin, en lui disant, avec cette câlinerie enfantine (les enfants sont les êtres les plus aimables de la terre quand ils le veulent) qui vous ferait monter l'aérienne de M. Poitevin, quand même :

— Monsieur Henri, mademoiselle Fanny, que voilà, a dit que c'était ce que j'avais fait de mieux; maman me prie de vous l'offrir pour vous remercier d'être venu.

Henri embrassa l'enfant, et lui glissant sa dernière pièce de vingt francs dans la main :

— Voilà pour t'amuser aux vacances, ma fille, lui dit-il, ou plutôt — après un moment de réflexion, économise, cela vaut peut-être mieux.

1.

De la part d'un prodigue, c'est drôle...; mais d'un grand cœur, c'est vrai.

Tel reconnaît ses erreurs qui, maintenu par un stupide amour-propre d'une part, et de l'autre une timidité excessive habilement déguisée, donne son opinion aux autres, et ne la suit pas, tels les pilotes de Saint-Nazaire, qui, pour sauver les navires en danger, font dans la tempête et une coquille de noix trois et quatre lieues en mer, en exposant leur vie et la faim de leurs enfants.

C'est alors que madame Chamerle, tel était le nom de l'heureuse mère de Sydonie, vint prier mon illustre ami de lui pardonner la liberté grande qu'elle prenait, en l'invitant à venir partager le repas qu'elle offrait à ses amis en l'honneur du triomphe de sa petite DONIE... Il y avait, ajouta-t-elle comme corrélatif, M. Pierre, le premier garçon du marchand de vins d'à côté ; M. Millet, un jeune homme très-bien du cinquième, que Monsieur avait dû souvent rencontrer dans les escaliers ; M. et madame Sebillot, oncle et tante de la petite, sabotiers de Coulommiers, venus exprès pour assister à son triomphe ; mademoiselle Fanny, la maîtresse de dessin ; la lauréate et elle...

Henri accepta, avalant le calice de grand cœur, et

la société eut bientôt gagné l'île Saint-Ouen et le
cabaret de la mère Barbe où le repas était com-
mandé.

On ne sait pas comment, mais Henri donnait le
bras, d'une part, à mademoiselle Fanny, et, de l'autre, la main à l'héroïne de la fête.

L'île Saint-Ouen est un composé d'arbres et de
balançoires, de bosquets et de fritures, de bateaux et
de couples amoureux, qui, le dimanche, et voire
même les autres jours, se livrent à cœur joie au
petit bleu, au veau rôti, et aux poissons sous tous
leurs aspects dans le genre culinaire.

Que de joies et de douleurs ont vues ces feuillages
verts ! Que de mots d'amour et de reproches ils ont
entendus ! Si Jean de la Fontaine existait, lui qui faisait si bien parler les bêtes, peut-être pourrait-il
faire les mémoires de ces arbres. Tout le monde en
fait depuis ceux d'Outre-tombe. Les uns ont dit : soif
de renommée ; les autres ont dit : faim d'argent,
plaie de notre époque. Hélas ! hélas ! les temps pro-
gressent et les hommes diminuent. Cela vous étonne ?
Il y a une série de problèmes mathématiques qui ne
reposent que sur la raison inverse.

La société dont il s'agit se casa dans le bac du pas-
seur, et parvint sans encombre au but de son voyage.

Une odeur de verdure et de campagne se mêlait agréablement à celle des gibelottes et des fritures ; un soleil d'août tamisait doucement ses rayons à travers le feuillage ; les cris de macarons, chevaux de bois, escarpolettes et autres joignaient leurs murmures assourdissants à celui de la nature ; enfin, tout se réunissait pour faire goûter à madame Chamerle et compagnie tous les plaisirs possibles.

A l'arrivée, l'assistance avait occupé un bosquet, pris place à une table rustique, et immédiatement de petits cruchons en grès, imitation grotesque des amphores antiques, remplis de petit bleu, accompagnés de verres bleuâtres, de formes drôlatiques, avaient comblé le vide que devait occuper la soif de l'assemblée... Au bout de quelques instants, pendant lesquels les gens graves s'étaient mis à causer avec force libations des succès futurs de la jeune Sydonie, celle-ci, qu'occupait fortement le grincement d'une escarpolette avoisinante, se leva, prit mademoiselle Fanny par la main, et se disposait à s'éloigner, lorsque M. Millet, le jeune homme du cinquième, comme chacun sait, s'élança galamment vers elles et leur offrit son bras.

Henri, trop loin pour entendre ce qui pouvait se dire, regardait tout cela avec un battement de cœur, se reprochant son inadvertance, voire sa grossièreté, vis-à-vis de ces deux personnes qu'il avait accompagnées, lorsque Sydonie, arrivant auprès de lui en deux bonds qui firent flotter les bouts de sa ceinture rose :

— Eh bien ! monsieur Henri, ne venez-vous pas nous balancer comme vous l'avez promis ? Nous vous attendons.

Henri se leva, et, la lèvre épanouie par un sourire inespéré depuis bien longtemps, s'élança comme il l'aurait pu faire à l'âge de dix-huit ans, et, offrant son bras à ce groupe gazouillant comme des oiseaux moqueurs, disparut bientôt au travers des arbres. M. Millet était resté comme un Terme à la même place.

Pendant que la petite fille courait après les papillons et les demoiselles, Henri, qui depuis quelque temps paraissait préoccupé d'une idée fixe, s'arrêta brusquement :

— Mademoiselle, dit-il d'une voix altérée, comment se fait-il donc que vous ayez refusé le bras de M. Millet, et que vous ayez accepté le mien ?

— Mon Dieu ! monsieur Henri, et en même temps elle le fixait d'un regard limpide qui lui fit baisser les yeux, c'est tout simple : j'ai cru voir qu'il vous

était désagréable que je prisse ce monsieur pour cavalier; or, comme je vous dois quelque chose et rien
à ce monsieur, j'ai cru devoir accepter le bras que
vous ne m'offriez pas, et vous faire plaisir; c'était
une dette contractée.

— Que voulez-vous dire, mademoiselle?

— Nous sommes arrivés; ce soir vous saurez tout.

Et, quittant son bras, elle sauta sur la balan-
çoire en prenant Sydonie entre ses bras; puis, d'un
geste gracieux :

— Monsieur Henri! allons! venez donc! Voulez-
vous nous balancer, oui ou non? Chevalier galant,
remplissez votre ministère!...

Il faisait un petit zéphir qui agitait doucement les
chênes et les grandes herbes; et, grâce au mouvement de l'escarpolette qui le décuplait, on pouvait à
un moment donné distinguer un bas de fil d'Écosse
dessinant des formes arrondies que terminait une
toute petite bottine de coutil gris. Parole d'honneur!
j'ai vu les bottines : c'était à faire tourner la tête à
un homme d'État ou à un Quaker. Henri n'était ni
l'un ni l'autre.

— A vous, monsieur Henri, dit un éclat de rire sonore comme un ruisselet qui fait une cascade de dix
pieds au milieu de ces cailloux qui décomposent la

lumière, et, au même moment, une capote blanche
tomba sur les pieds d'Henri, qui poussait la balan-
çoire sans savoir ce qu'il faisait.

A quoi pensait-il donc? Je crois qu'il pensait à ses
nombreux voyages de circumnavigation.

Puis des grappes de cheveux, blonds comme des
raisins caressés du soleil, mûris de la rosée, se dé-
veloppèrent libres d'entraves, et se dispersant çà et
là comme des oiseaux à qui on ouvre la cage s'en
vinrent jouer autour de la jeune fille, cadre vivant
d'un ravissant keepsake...

Qu'elle était jolie! mon Dieu!... Le sein agité, sortant à demi sous sa guimpe blanchette, protectrice
auxiliaire de la robe, dont un bouton infidèle avait fait
échouer la mission ; le teint doucement animé, image
affaiblie, teinte adoucie de ces femmes du Titien, à
la chevelure d'or, au corps cambré sous la volupté,
à l'œil hardi, à la bouche provocante, à la dent qui
sollicite une morsure; elle était là, avec cet enfant
sur ses genoux, ses lèvres roses entr'ouvertes, ses petites dents bien rangées ressortant de l'écrin rouge
de leurs gencives, son œil bleu légèrement fermé,
dardant ses doux éclairs sous le voile' de ses cils
humides de plaisir; son front blanc et pur, caressé à
la fois par l'ombre et le soleil; le bras arrondi, la

main légèrement crispée autour du bras du fauteuil,
laissant voir ses ongles roses, ses doigts fins, sa peau
blanche... Comment finir ce portrait ? Je l'ai dit en
commençant...

— Mon Dieu ! qu'elle était jolie !...

Au dîner, Henri était à côté d'elle, muet comme
un écolier, sot comme un fat, prétentieux comme
un imbécile, — les lèvres toujours ouvertes pour une
question qui ne sortait jamais. Enfin, un composé
de ridicule et de sentiment, de honte et de passion.

Malgré tout, la jeune fille le regardait souventes
fois, et rougissait comme une baie qui n'est pas encore mûre, lorsque leurs yeux se rencontraient.

Le dîner s'était joyeusement passé, le café avait été
pris, ainsi que les liqueurs, et dix heures sonnaient
aux Batignolles lorsque madame Chamerle, faut-il
le dire, d'une langue un peu épaisse, donna le signal du départ.

On descendit dans le même ordre ; seulement, à
la porte de la rue de Navarin, mademoiselle Fanny
s'arrêta, et au milieu des adieux réciproques, comme
elle était reconduite chez elle par monsieur et madame Sébillot de Coulommiers qui demeuraient mo-
mentanément dans sa maison, trouva le moyen de
glisser ces paroles à Henri :

— Monsieur Henri, vous voulez savoir pourquoi j'ai pris votre bras? vous m'avez sauvée, il y a un jour, au coin de cette rue; vous ne m'avez pas reconnue, vous ne m'aviez pas regardée... mes remercîments, monsieur Henri, et bon sommeil.

Là-dessus, comme les salutations étaient terminées et qu'on l'appelait, elle s'éloigna, laissant Henri terrassé.

— Ne rentrez-vous pas, monsieur Henri? dit Sydonie.

— Ah! c'est vrai!... puis, passant rapidement devant la loge, il monta rapidement ses cinq étages, mais, malgré le bon souhait de mademoiselle Fanny, il ne dormit pas.

Le lendemain, après avoir longuement causé avec la petite Sydonie, mon ami Henri se dirigea vers la pension. Il resta deux heures à se promener de long en large devant la façade, et partit furieux, non-seulement de la station qu'il avait faite inutilement, mais encore de ne pouvoir se plaindre. Voilà d'où venait sa déconvenue :

Le pauvre garçon, paraissant guidé par l'intérêt qu'il prenait à la petite lauréate, l'avait longuement questionnée sur la distribution de son temps à la pension, et entre autres choses sur l'heure consacrée à la leçon de dessin : sur quoi suffisamment renseigné, il avait été s'installer devant la pension : le malheureux n'avait pas songé aux vacances, ce qui fait que s'il eût été aussi obstiné que beaucoup, il eût pu attendre deux mois pleins, la venue de cette bienheureuse leçon.

Furieux, mais raffermi par cet échec qui augmentait encore son désir de voir mademoiselle Fanny, il alla bravement se poster sous ses fenêtres, attendit plusieurs heures, puis enfin, au moment où il allait partir désespérant de sa journée, une petite voix fraîche et douce chanta ces mots à son oreille ravie :

— Monsieur Henri, devant ma porte ! Est-ce que vous connaissez quelqu'un dans la maison ?

— Non, mademoiselle, j'admirais, — et, ce disant il levait les yeux en l'air pour voir l'objet de son admiration; — j'admirais ces fleurs qui ornent cette terrasse du quatrième. Il faut qu'on en ait grand soin, car elles sont d'une fraîcheur !...

— Assez, monsieur Henri, ces fleurs sont à moi.

— Alors, mademoiselle, cela ne m'étonne plus, mais vous avez une variété de volubilis que je ne connais pas, moi cependant assez fort en botanique. Et si, poursuivit-il en hésitant, vous vouliez me permettre de les voir de plus près, cela me ferait le plus grand plaisir.

Fanny eut un moment d'hésitation.

— Monsieur Henri, dit-elle, vous savez ce que c'est qu'une pauvre fille qui n'a que sa réputation, n'est-ce pas... Voulez-vous monter?

— Volontiers, mademoiselle.

— Eh bien, allons, monsieur?...

Henri monta avec elle les quatre étages qui conduisaient de la rue à son appartement. Il ne se faisait guère l'idée de ce que pouvait être le logement d'une jeune fille sans fortune, et qu'il avait toutes raisons de croire vertueuse, lui, jeune homme habitué au confortable de l'ameublement maternel, ou au salmigondis de l'élégance provoquante des femmes douteuses chez lesquelles il avait eu accès.

Cet appartement, aussi exigu que possible, suffisait cependant aux goûts modestes de Fanny, qui, n'ayant d'ailleurs d'autres ressources que ce que lui rapportaient ses leçons, ne voulait pas afficher une prétention luxueuse qu'elle eût pu se permettre eu égard aux cinq ou six cents francs qu'elle gagnait par mois. Mais un argent gagné par un labeur honnête rend circonspect, économe, et la jeune

femme pensait aux chances de l'avenir, à la cessa-
tion de travail, à la maladie. C'était chez elle la
simplicité qui régnait, mais cette simplicité propre
et gaie exhalant un parfum qui réjouit le cœur et
fait aimer le chez soi.

C'était donc en entrant une petite pièce servant à
la fois d'antichambre et de salle à manger, tendue
de papier coutil, meublée d'une table en noyer, re-
luisante sous sa couche de vernis; de quatre chaises
garnies de paille; et appendus au mur, dans leurs
cadres de bois noir, quelques dessins, études de ses
élèves. Au fond, une porte donnait accès à un petit
salon arrangé avec un goût exquis, où Fanny conduisit Henri, qui regardait tout, touchait à tout,
palpait les étoffes, dérangeait les fauteuils, allant,
s'asseyant de l'un sur l'autre, étonné et presque ravi
de se trouver dans cet intérieur, où tout dénotait
une tranquillité heureuse qu'il enviait presque. Les
deux fenêtres éclairant ce salon s'ouvraient précisément sur la terrasse que Henri considérait d'en bas,
et sur laquelle poussaient, entre autres fleurs, les
fameux volubilis d'espèce particulière qui avaient
servi de prétexte à son admiration.

Henri, furetant partout, venait de découvrir dans
un coin du salon une petite porte que masquait la

tenture ; l'indiscret allait l'ouvrir quand, tout à coup, la jeune fille posant sa main sur son bras, lui dit simplement ces mots :

— Cette porte, monsieur Henri, ne s'ouvre que pour moi.

Certes, Henri n'était ni timide ni embarrassé, même devant une femme ; mais le ton de pudeur si vraie dont ces paroles avaient été prononcées, et auquel il ne pouvait se tromper, le confusionna au point qu'il rougit presque de sa curiosité, et que ce fut en balbutiant qu'il répondit :

— Oh ! pardon, mademoiselle !

Pour faire cesser leur embarras commun, Fanny ouvrit une des fenêtres et entraîna Henri sur la terrasse pour lui faire admirer ses richesses florales. Henri était enchanté et respirait avec bonheur le suave arôme des roses, des œillets et des jasmins dont ce balcon était couvert.

— Vous avez paru désirer mes volubilis, dit finement la jeune fille, mais ils ne sont pas encore en graine ; je vous en donnerai plus tard ; en attendant, prenez toujours ceci.

Et détachant une superbe rose thé qui se balançait mollement au bout de sa tige, elle l'offrit à Henri, qui la prit et, sous prétexte d'en aspirer les effluves odorantes, déposa sournoisement un baiser sur sa corolle, après quoi la mit à sa boutonnière.

Enfin, la visite s'étant prolongée autant que le pouvait une première visite, et Henri ne parlant pas de se retirer, ce fut avec un tact merveilleux que Fanny lui donna à entendre qu'il ne devait pas demeurer plus longtemps. Puis elle le reconduisit jusqu'à la porte, où elle le congédia en lui disant avec un sourire perlé :

— Au revoir, monsieur Henri.

Elle rentra dans le petit salon, et, ouvrant la porte masquée par la tenture dont nous parlions tout à l'heure, elle parvint dans une troisième pièce qui formait, avec une petite cuisine que nous ne citons que pour mémoire, le complément de son appartement.

Mon Dieu ! c'était tout bonnement sa chambre à coucher, et nous ne voulons pas vous en faire mystère plus longtemps ; pour ceux qui comprennent le sentiment de retenue qui empêcha la jeune fille de laisser pénétrer Henri dans cette chambre, nous n'avons pas besoin de l'expliquer ; pour ceux qui ne le comprendraient pas, nous ne nous donnerons point cette peine : *Margaritas ante porcos.* — *Porcos ante margaritam.*

Maintenant, si l'on veut savoir ce qu'il y avait dans cette pièce, nous voulons bien le dire, d'autant mieux que depuis la porte s'en est ouverte assez souvent pour que beaucoup de gens puissent satisfaire la curiosité du lecteur, au cas où nous pousserions la mauvaise volonté jusqu'à celer cet inventaire mobilier.

Du reste c'était, comme partout, simple et de bon goût. Un tapis d'Aubusson recouvrait le parquet de sa laine floconneuse, dans l'épaisseur de laquelle les deux petits pieds blancs de la jeune femme devaient disparaître jusqu'à la cheville, lorsque le matin elle descendait de son lit d'acajou, dont les rideaux de fine perse, doublés de mousseline blanche, laissaient voir, se détachant dans la demi-teinte un petit bénitier de marbre blanc surmonté d'un christ d'ivoire, placé là, comme pour garantir à la jeune fille qui l'implorait chaque soir, en s'endormant, un doux sommeil bercé de songes heureux sous sa protection divine.

Ah! pauvre Christ! où es-tu, toi qui étendais tes bras sur la chaste enfant qui t'adressait si pieusement ses prières? Tu t'en es allé avec l'auréole de pureté qui couronnait son front, et il ne reste plus de toi que l'empreinte que tu as laissée au mur, et qui indique seule que tu as été là.

Au pied du lit une bergère aux moelleux coussins. Une chauffeuse au coin du foyer, une petite commode adossée au mur et au-dessus de laquelle dans un cadre doré rayonnait une belle figure de la Vierge Marie, peinte par la jeune fille elle-même, sur la cheminée, une pendule et quelques chinoiseries.

Voilà la chambre à coucher de Fanny.

Nous avons dit qu'elle venait d'y entrer. Elle s'assit et songea profondément.

A quoi songeait-elle ?

A Henri ?

Peut-être !

Ils se connurent, se virent et s'aimèrent, parodiant ainsi, sans le savoir, le *veni, vidi, vici*, de l'antique.

Henri avait demandé à Fanny la permission de l'aller voir quelquefois, et Fanny avait consenti ; seulement, comme au bout de quelques jours, Henri s'était mis à venir à tous les instants, elle lui avait fait comprendre que cela pouvait compromettre sa réputation, et enfin avait été conclu un traité d'après lequel Henri ne devait venir que deux fois par semaine ; il est vrai de dire que de temps en temps il y avait un dimanche où il allait se promener avec Fanny, comme le jour fameux où était né leur amour.

Il arriva qu'une semaine se passa sans que Fanny vît Henri : inquiète, elle se rendit chez madame Chamerle, qui lui apprit que son locataire courait presque toute la journée, rentrait quelquefois assez tard ; somme toute, elle ne savait rien : la pauvre enfant avait bien envie d'écrire, mais elle n'osait. Enfin, après bien des luttes, bien des combats, le cœur tout ému, la joue empourprée, elle écrivait, et on devine à qui s'adressait cette lettre, lorsqu'un coup retentit brusquement à la porte qui céda sans que Fanny eût eu le temps d'aller ouvrir... c'était lui... Elle devint toute pâle, car Henri était bien changé, il avait les yeux creux et brillants, le teint hâve, le geste brusque et saccadé, dans son maintien on devinait une souffrance, d'autant plus terrible qu'elle était dissimulée.

— Bonjour, mademoiselle, lui dit-il en entrant.

Puis d'une voix altérée :

— Je suis venu vous faire mes adieux, ma bonne Fanny, je pars après-demain, je vous remercie du bien que vous m'avez fait par votre présence et vos douces paroles... Croyez que sous le ciel des tropiques où je vais, le soir, à l'heure où tout sommeille,

mes yeux se tourneront vers la France et que mon
cœur tout bas redira votre nom.

Elle se leva toute droite.

— Vous partez !

— Oui !

— Ah ! bien.

— Oui, je pars, reprit-il avec amertume, je pars...
Écoutez, Fanny, il le faut, croyez-le bien...

— Mais pourquoi ?

— Ah ! pourquoi ? Parce que je suis dans la misère !... parce que les deux ou trois marchands de
soupe qui faisaient payer dix ou vingt francs les répétitions, qu'ils m'achetaient trois, ont jugé qu'ils
ne gagnaient pas assez sur moi ; parce que ces sal-
timbanques du savoir ont jugé que j'avais besoin
d'eux ; comme ces ogres de Perrault qui sentaient
la chair fraîche, ils ont éventé ma misère, ils ont
marchandé ma science, et m'ont pesé mon pain ; ils
ont voulu me mettre au quart de ration. Là-dessus,
j'ai pris mon chapeau sans leur répondre, et voilà
pourquoi je pars, bien heureux encore de partir et
de trouver une vie honorable.

— Mais votre mère, Henri, votre tante, n'y pensez-vous donc pas ? Ah ! oui, vous partez parce que
vous êtes malheureux par votre faute ; en effet,

votre mère vous a empêché de dissiper votre fortune lorsque vous l'abandonniez pour mener une
vie que je ne dois ni ne veux connaître; lorsqu'a-
près avoir passé dix années loin d'elle, après l'avoir
retrouvée seule avec sa sœur au moment où elle
pouvait compter sur le bras de son fils et fermer
avec lui les plaies de son cœur, au moment où cette
femme qui avait souffert, et par le père et par l'enfant, toutes les angoisses de la douleur, supporté les
tenailles rougies à blanc de l'absence des deux objets
de son amour, au moment où cette femme croyait à
son fils, à un appui, vous l'avez bravement jetée
là, vous l'avez fort bien laissée dans sa solitude et
son abandon pour courir Dieu sait où, revenant aux
jours de maladie, parce que vous connaissiez son
cœur. Votre mère, elle a eu bien des torts envers
vous, Henri. Six mille francs de pension ce n'était
pas assez pour vous! alors, non content d'avoir
froissé son cœur, vous avez marché dessus, vous
êtes parti guidé par un sot amour-propre, et maintenant vous allez quitter la France, l'Europe, sans
l'embrasser, parce que vous avez donné votre parole
d'honneur : est-ce qu'il y a des paroles d'honneur
vis-à-vis d'une mère? Mais si elle mourait, elle
mourrait donc seule, sans savoir où est son enfant?

Prenez-y garde, Henri, on pourrait dire que vous
êtes un mauvais fils !

— Fanny, j'ai écrit hier à madame de Simeuse, et
madame de Simeuse a répondu que c'était bien, que,
puisque je voulais partir, j'étais parfaitement libre.
Quant à nous revoir, a-t-elle ajouté : il ne m'aime
pas, et je ne l'aime plus. Je suis donc libre, vous
le voyez...

— Mais, fou, ne comprenez-vous donc pas que si
elle ne vous aimait plus, elle ne vous l'aurait pas dit?
Attendez quelques jours, Henri, et, croyez-moi,
pliez cet orgueil qui vous rend malheureux, qui
plisse votre front, qui pourrait vous plisser le cœur.

— Voyons, Fanny, dit Henri en se levant et par-
courant la chambre à grands pas, me connaissez-vous
donc si peu que vous ayez douté de moi à ce point...
Oui, j'aime ma mère comme je n'ai jamais rien aimé
au monde... oui, malgré le fol orgueil qui me ronge
et qui m'a privé de ses baisers depuis si longtemps,
je lui aurais demandé pardon du mal que je lui avais
fait depuis que j'étais né ; je lui aurais baisé les pieds
si elle l'eût voulu... Mais non... barre de fer contre
barre de fer... Telle a été ma mère, tel elle m'a
fait... Elle m'aime autant et plus que moi je ne
l'aime ; vous aviez raison tout à l'heure, ma bonne

Fanny... Et cependant jamais, non, jamais, ajouta-t-il en frappant sur la table, jamais nous n'avons pu nous entendre tout en nous aimant... Du reste, pour échapper à la tentation du pardon, ajouta-t-il en hésitant, je veux vous dire la vérité tout entière : ma mère est partie ce matin pour l'Italie. Je suis donc parfaitement seul et libre de moi-même. Vous voyez bien, ma bonne Fanny, qu'il faut que je parte.

— Ne m'avez-vous pas dit souvent, Henri, dit la jeune fille, que vous aviez pour moi une affection de frère, et peut-être, ajouta-t-elle en rougissant, un sentiment plus tendre? ne m'interrompez pas..... laissez-moi vous dire franchement ce que je pense : est-ce que lorsque l'on aime une femme d'un amour vrai, d'un amour profond, on peut la quitter un jour en venant prendre congé d'elle tout simplement?... Tenez, Henri, vous avez été bien cruel envers moi, en feignant un amour qui n'était qu'un caprice. Vous êtes venu me dire : je suis malheureux et je vous aime! et moi, folle que j'étais, je vous ai cru... Pensez-vous que si je ne vous eusse pas aimé aussi, moi... car il faut bien que je vous l'avoue, continua-t-elle avec une exaltation toujours croissante, je vous aurais reçu chez moi, comme je l'ai fait?... Croyez-vous que je me serais compromise aux

2.

yeux de tout le monde? Mais ma vie est brisée par votre départ. Vous ne sentez donc pas que je vous aime comme je n'ai jamais aimé que Dieu!... Écoutez... si vous m'aimez... vous allez faire le premier sacrifice que je vous demande... En amour il n'y a pas d'orgueil... Si vous m'aimez, dit-elle en lui tendant un petit portefeuille, il y a là dedans deux mille francs... je vous les prête; vous pouvez me les rendre facilement par votre travail... Avec cette somme, vous pourrez rembourser les avances que l'on vous a faites... et vivre jusqu'à la rentrée. Acceptez-vous?...

— Non... je ne puis... dit Henri d'un air sombre, je ne puis accepter cet argent de vous, qui n'êtes ni ma femme ni ma maîtresse; je suis...

— Ah! dit Fanny en éclatant en sanglots, il ne m'a jamais aimée!...

— Fanny, Fanny! dit Henri en se mettant à ses genoux.

— Assez d'insultes comme cela, dit Fanny en relevant la tête; sortez, monsieur...

— Mais...

— Sortez ou j'appelle, Monsieur, dit la jeune fille en étendant la main.

— Adieu et pardon, dit Henri en sortant.

Au moment où il allait fermer la porte d'entrée, un bruit sourd, ressemblant à la chute d'un corps, l'arrêta. Il écouta, il n'entendit plus rien; alors inquiet, il rentra et vit la jeune fille évanouie; il était seul avec cette jeune fille qu'il aimait; ils étaient jeunes tous deux.

Que se passa-t-il?...

Henri ne partit pas.

Aux premiers temps de leur union la passion jouait un grand rôle; plus tard ces tons chauds qui coloraient leur amour à la manière de Delacroix, firent place aux teintes plus fondues qui appartiennent à l'école Ingriste. Et cependant, chose difficile à croire, il y eut plus de bonheur vrai, d'affection intime dans cette seconde période de leur amour.

Je ne vous dirai pas ici ces journées où, les mains et les regards enlacés, ils se complaisaient dans la fièvre des premières étreintes; tout le monde sait ou doit savoir ce que ce peut être. — Passons notre chemin.

Au bout de quelques mois, Henri avait trouvé facilement plusieurs répétitions, tant en ville que dans des pensions; c'était donc une grande aisance qui régnait dans leur ménage.

En raison de leurs occupations respectives, les

deux amants se voyaient peu. En effet, sortis le matin d'assez bonne heure, ils ne se rencontraient plus qu'au moment du dîner.

Le soir Henri sortait, soit pour aller voir ses amis, soit pour aller au café, et ne rentrait qu'à une heure assez avancée.

Il arriva qu'une fois, retenu à la maison par un temps affreux et un gros rhume, mon ami Henri, les pieds dans ses pantoufles appuyés sur les chenets, chaudement enveloppé dans sa robe de chambre, se plongea dans ses réflexions.

Fanny, assise auprès d'une table, faisait quelques ébauches, et son front penché recevait en plein la lumière d'une lampe recouverte d'un large abat-jour.

La pluie battait les vitres; on n'entendait que le bruit de quelques voitures lancées à fond de train, par les cochers désireux de se mettre à l'abri.

On ressentait vaguement un certain plaisir égoïste à se trouver dans une chambre bien chaude, bien calfeutrée, en songeant à la boue et à l'humidité du dehors.

Plusieurs fois en levant la tête, mon ami Henri avait rencontré un regard et un sourire qui cherchaient son cœur et l'avaient trouvé, et machinale-

ment il s'était pris à savourer ce bonheur intime,
composé de riens qui sont tout, le plus recherché et
le plus rare des bonheurs, parce qu'il est le plus
facile à rencontrer, et il s'était dit, comme l'homme
de La Fontaine : Mieux vaut attendre la fortune dans
son lit, que de courir après.

Or, pour parler vrai, onze heures étaient arrivées
à la pendule sans qu'il s'en doutât ; et lorsque la
bonne entra à l'heure accoutumée en apportant le
thé du soir, et que Fanny se levant eut offert à Henri
d'une main une tasse, et de l'autre une pyramide
de *muffins* faits de sa blanche main, il ne put s'empêcher de trouver les heures moins longues et plus
douces qu'à l'estaminet, et l'atmosphère de tran
quillité suave qui régnait dans cette chambre, plus
harmonieuse au cœur et meilleure à l'âme, que le
nuage de fumée saupoudré de gaz, que le cliquetis
de verres et de queues de billard, dans lequel il
passait habituellement ses soirées.

Le café des Variétés venait de perdre ainsi un
client de bien des hivers...

Le théâtre y gagna et Henri aussi.

En effet, de cette vie douce et calme, semée de
travail et de bonheur, il résulta que mon ami Henri,
qui avait rapporté de ses voyages, tant maritimes

que parisiens, une santé fort délabrée, acquit un
embonpoint raisonnable, et des couleurs qui seyaient
assez bien à sa physionomie un peu fatiguée.

Cette vie se continua deux ans, accidentée dans
la saison chaude, de soirées au Cirque ou aux cafés
chantants, et de longues courses à deux, faites dans
les bois et les champs, aux jours heureux des diman-
ches. Le troisième hiver avait déjà manifesté sa venue
par les glaçons qui couvraient les bassins des Tuileries, lorsque, sans motif apparent, sans que rien pût
le faire présumer, Henri changea brusquement ses
habitudes. Ainsi, plus de soirées au coin du feu, plus
de douces causeries; Henri prenait à peine le temps
de dîner, puis s'échappait à la hâte; et chose qui
n'était jamais arrivée, Fanny avait reçu plusieurs
fois, au moment de se mettre à table, des lettres
d'Henri, qui la priaient de ne pas l'attendre. Puis,
Henri qui, sauf deux ou trois intimes, ne recevait
jamais personne, était de grand matin, même pendant l'heure du repas, assailli de visites de gens inconnus, avec lesquels il avait de longues conférences.

Cependant, son humeur n'avait pas changé, il
avait toujours l'air gai et heureux, et loin de dimi-
nuer, son affection pour Fanny ne tendait qu'à
s'accroître.

Un jour, Fanny rencontra dans la rue un chef d'institution chez lequel Henri était occupé une majeure partie de la journée.

Aussitôt qu'il eut aperçu Fanny qu'il connaissait, ce monsieur, au lieu de la saluer tout simplement, selon son habitude, l'arrêta, et après les premières salutations :

— Mon Dieu! madame, lui dit-il, pardonnez ma demande; mais il s'agit d'une question assez grave pour que je risque une indiscrétion. Monsieur Henri ne vous aurait-il pas dit pourquoi, au moment où il sait qu'il est très-difficile de trouver de bons répétiteurs de mathématiques, il m'a quitté d'une façon aussi brusque, en me laissant dans le plus grand embarras ? J'ai beau chercher, continua-t-il sans remarquer l'émotion de Fanny, je n'y comprends rien; mais je vous avoue que je suis très-mécontent de sa conduite à mon égard. Ce ne peut être une question d'appointements, puisque... Mais, mon Dieu! qu'avez-vous, madame ?... seriez-vous malade ?... Est-ce que vous ne sauriez pas ?... Oh ! alors, pardon, madame, de la peine que j'ai pu vous causer d'une façon, croyez-le, bien involontaire. Permettez-moi de vous conduire à une voiture, car vous ne pouvez rentrer chez vous dans cet état.

Une fois chez elle, la pauvre enfant donna un libre cours à ses larmes, et attendit Henri.

Six heures sonnèrent.

Il ne vint pas.

Seulement quelques minutes après, un commissionnaire se présenta, portant un paquet et une lettre.

Dans le paquet était une robe de bal.

La lettre était ainsi conçue :

« Ma bonne Fanny,

» Il m'est absolument impossible de venir dîner » avec toi ce soir ; te dire mes regrets serait inutile, » ton cœur les appréciera.

» Je te prie d'envoyer immédiatement à ta coutu- » rière la robe de bal que je t'envoie. Georges, dont » l'opéra passe vendredi, m'a donné une loge, et à » une *première*, il est indispensable d'être en grande » toilette.

» A ce soir, ma bonne Nini que j'aime tant; j'em- » brasse mille fois ton beau front.

» HENRI. »

En lisant ces lignes, Fanny se demanda lequel était fou, de lui ou d'elle.

Cependant elle obéit, se réservant une explication pour le soir.

Mais lorsque avec un sourire, bien un peu humide des larmes de la journée, elle risqua timidement quelques mots pouvant amener la solution de ce mystère, Henri lui ferma la bouche par un si joli baiser sur ses lèvres roses, et lui adressa un regard qui demandait si humblement le silence, qu'elle n'eut pas le courage de continuer.

Elle attendit.

Le fameux jour se leva.

Rentré à deux heures, Henri envoya dix fois chez la couturière, trois fois chez le coiffeur, autant chez la fleuriste, dîna peu ou point, tant il était pressé de voir Fanny s'habiller, et ne parut complétement heureux que lorsqu'ils furent installés dans le fiacre qui devait les mener à l'Opéra.

Ce n'était plus de la joie alors... c'était de l'ivresse.

Arrivés dans la loge, et des premiers dans la salle, Henri retenant Fanny dans le petit salon de derrière, tira précieusement de sa poche un petit paquet et l'ouvrit incontinent.

C'était un collier d'opales qu'il mit au cou de Fanny, puis deux bracelets ornés de pierres précieuses, qu'il attacha à ses bras ronds et blancs.

Et lorsque la jeune femme, étourdie par le mystère et suffoquée par l'émotion, voulut parler, Henri

3

lui mit son bouquet à la main, et l'amenant sur le devant de la loge, dit :

— L'ouverture commence; ce soir tu sauras tout.

Je te souhaite, ami lecteur, autant de patience qu'elle en eut...

Ceux qui étaient à l'Opéra ce soir-là, se demandèrent quelle pouvait être cette femme, jeune et jolie (ceux qui ont lu cette histoire le savent), et riche à en juger par sa parure, et sa présence dans une loge qui valait au moins vingt louis.

La réponse fut unanime, personne ne la connaissait.

Les plus grosses lorgnettes de l'orchestre et des loges, plus ou moins infernales, qui renfermaient l'élite des ménageries parisiennes, ne pouvaient que constater un fait :

Sa beauté...

J'y étais.

J'ai déjà fait son portrait une fois. Mais, coûte que coûte, je me risque à tracer une seconde esquisse.

Elle avait une robe de satin blanc, garnie de trois volants de dentelle noire, relevés de chaque côté par trois bouquets feuillus de boutons de roses imperceptibles; une berthe semblable aux volants faisait ressortir la blancheur nacrée de ses épaules, et ses bras potelés sortaient également d'un flot de dentelles; pareille aux bouquets de la robe, une guirlande étalait son feuillage et ses fleurs au milieu des ondes des cheveux blonds de mon héroïne.

Joignez à cela une grâce pleine de distinction, parce qu'elle était naturelle, un sourire aussi doux que le regard, voilà ce qu'était celle qu'on lorgnait tant à l'Opéra.

L'œuvre eut un succès fou; l'auteur, découvert dans une loge, fut contraint de se montrer au public; et une heure sonna, lorsque Fanny et Henri arrivèrent au péristyle.

Aussitôt qu'il les vit, un domestique revêtu d'une livrée simple et de bon goût, s'empressa de sortir, puis revint cinq minutes après, en criant d'une voix de Stentor:

— La voiture de monsieur le comte de Simeuse!...

Ce fut dans un coupé marron, doublé de satin blanc capitonné, et entraîné par deux beaux chevaux alezans, que Fanny, arrivée en fiacre, opéra sa sortie.

En moins de temps qu'il n'en faut pour le lire, sa voiture s'arrêta devant le perron d'un petit hôtel entre cour et jardin, et Henri, donnant la main à Fanny pour l'aider à descendre, lui dit en souriant:

— Ma chère, voilà notre nid !

Si tu continues, ami lecteur, à chanter comme à l'Opéra-Comique :

« Je n'y puis rien comprendre. »

Je vais te donner une explication :

Le conseil judiciaire d'Henri venait d'être levé !

Or, comme il se trouvait jouir de quarante mille livres de rente, il était tout simple qu'il fît partager sa fortune à celle qui lui avait tout donné.

Fanny était rentrée seule dans sa chambre à coucher. Asile luxueux et séduisant, perle au milieu d'une perle, et plus prosaïquement la plus ravissante pièce de ce ravissant hôtel.

Elle était rentrée, dis-je, triste sous ses habits de fête, sombre sous ses diamants et ses fleurs; elle avait renvoyé une femme de chambre qui l'attendait, et s'était laissé tomber avec accablement sur un délicieux tête-à-tête de soie blanche, semé de pâquerettes rose; et lorsque Henri rentra quelques minutes après, il la trouva pleurant à chaudes larmes, ce qui n'était jamais arrivé sur le vieux canapé de velours rouge d'Utrecht, qui ornait leur chambre d'autrefois.

C'était un nuage par un jour d'été ; le soleil apparut et le nuage s'évanouit.

La pauvre enfant avait eu raison, ce n'était plus l'intimité ; avec le luxe étaient venues les exigences du monde.

Fanny avait sa loge à l'Opéra et aux Italiens.

Henri son club.

Le matin, Henri avait la salle d'armes ou le tir aux pigeons.

C'est à peine s'ils se rencontraient dans l'avenue des Champs-Élysées, elle en voiture, lui à cheval.

Puis, à de rares exceptions près, ils avaient du monde chez eux ou dînaient en ville ; il s'en suivit une chose toute simple, c'est qu'ils ne se voyaient plus.

Ils revenaient des eaux, lorsque arriva le 1er septembre, et Henri, chasseur enragé, ne pouvait manquer l'ouverture.

Donc, le 31 août, comme aux anciens jours, ils dînèrent de meilleure heure que d'habitude, car Henri devait prendre l'*express* de sept heures, puis ils montèrent tous deux en voiture.

Arrivés à l'embarcadère, Henri déposa un baiser sur les lèvres de Fanny, puis, suivi de son domestique qui portait son équipement de chasseur et

tenait deux magnifiques *pointers* en laisse, se dirigea vers le bureau où il prit les billets.

Comme il avait quelques minutes devant lui,
il regarda la voiture qui partait, adressa un dernier
sourire à Fanny, et rentra dans le vestibule.

Il allait entrer dans la salle d'attente des premières, et tendait déjà son *ticket* au cantonnier de
garde, lorsque arriva un domestique, couvert de
poussière, et qui s'écria en l'apercevant :

— Dieu merci ! j'arrive à temps...

C'était le domestique de son ami Georges, chez
lequel il allait chasser.

— Qu'y a-t-il donc, Jean ? dit-il, et à qui en avez-
vous avec votre mine de l'autre monde ?... Vous avez
encore cinq minutes devant vous, et ce flâneur de
Georges peut arriver à temps.

— Mais, monsieur le comte, M. Georges ne viendra pas...

— Comment, il ne viendra pas ?

— Non, monsieur le comte ; mon maître s'est
donné une entorse tout à l'heure, au moment de
monter en voiture, et alors il m'a envoyé pour vous
prévenir de ne pas l'attendre.

— Ah çà, ce n'est pas grave, n'est-ce pas ?

— Oh ! non, monsieur le comte ; le médecin a dit

qu'il ne fallait que du repos et une position horizon-tale. M. Georges était assez furieux, il jurait comme un pandour.

— Allons, c'est bien, dit Henri au domestique en le congédiant d'un geste. — Eugène, continua-t-il, en s'adressant au sien qui l'attendait, partez vite; vous vous ferez donner les chiens à la première station et vous reviendrez à l'hôtel. Allez! dépêchez-vous, vous n'avez que le temps.

Et il s'éloigna en murmurant ces mots :

— Le maladroit! me faire manquer une ouver-ture! peut-on se donner une entorse aussi sot-tement que cela? et la veille d'un 1er septembre encore?... Enfin n'y pensons plus!

Puis apercevant un coupé de régie qui partait à vide, il se fit conduire chez lui.

Fanny n'y était pas.

Surpris, mais supposant qu'elle avait été faire quelques visites, Henri se débarrassa de son cos-tume de chasse, et, ne sachant que faire, sortit.

Chemin faisant, il ne put s'empêcher de songer que Fanny aurait pu, le jour de son départ, moins se presser de se livrer au plaisir; puis, comme ces réflexions le poursuivaient malgré qu'il en eût, et que la porte du club (1) était devant lui, il entra.

Il n'y avait que deux ou trois *ganaches* lisant des journaux, chose peu étonnante, car presque tous ses amis étaient partis pour la chasse.

Ennuyé de cette solitude, mon ami Henri était redescendu pour continuer sa promenade solitaire sur le boulevard, lorsque l'affiche de l'Opéra-Comique lui barra soudain le passage, en lui offrant, comme moyen de tuer le temps, l'attrait d'*une première* : il y avait renoncé pour la chasse et n'y pensait plus. L'une lui manquant, il résolut de se rejeter sur l'autre, prit une stalle d'orchestre, qu'il paya ma foi bien, un louis, et entra par le côté gauche.

Le spectacle n'était pas encore commencé, et il descendait nonchalamment les marches sombres de l'orchestre, en jetant un coup d'œil machinal sur les loges, lorsque tout à coup un soubresaut violent l'anima : la rampe de velours vint à son aide.

Ceci dura quelques secondes, au bout desquelles il se rejeta précipitamment dans la pénombre de l'entrée, puis, oublieux du signal du chef d'orchestre qui venait d'ébranler son armée d'harmonie, il

(1) Prononciation *ad libitum*.

sortit, et d'un pas hâté se dirigea vers le club qu'il venait de quitter.

Qu'avait-il donc vu?...

Une partie allait s'engager lorsqu'il entra. C'étaient pour la plupart des amis.

— Pardon, Messieurs, j'ai une commission grave à donner à Maxime, dit-il en désignant un jeune homme qui lui avait adressé, en l'apercevant, un loyal sourire et une franche poignée de main; si vous voulez me le permettre, et me donner cinq minutes, je vais le remplacer.

Tous s'inclinèrent, et Henri tirant Maxime dans un coin :

— Maxime, dit-il sans lui donner le temps de parler, tu vas prendre ce billet d'orchestre et te rendre immédiatement à l'Opéra-Comique; là tu les verras, tu sauras où ils vont, et tu viendras me prévenir ici, où je vais t'attendre. Surtout ne les perds pas pas de vue, sois adroit, c'est le plus grand service que tu puisses me rendre. Et je compte sur toi, n'est-ce pas?

— Mais qui? mais quoi? dit Maxime en éclatant de rire. — Ah çà, tu es fou! tu me dis de suivre quelqu'un et tu ne me dis pas qui. A propos, comment donc se fait-il que tu sois ici ce soir?

3.

— Je crois que tu as raison, Maxime, répliqua Henri avec plus de calme, et en passant sa main moite sur son front, oui, je suis fou !... C'est que, ce que je viens de voir est tellement fait pour cela !... Eh bien, mon cher, continua-t-il en riant avec amertume, tu vas suivre à l'Opéra-Comique, M. de Metz et .....

— Et qui ?

— Et Fanny.

— Fanny !

— Je l'ai vue.

— Ce n'est pas possible, tu n'y vois pas clair, tu es absurde, fou à lier, entends-tu ! Fanny ! allons donc ! mais tu mériterais que je le disse à tout le monde, et tout le monde serait de mon avis.

— Mais puisque je l'ai vue !

— Dix louis que non.

— Écoute, Maxime, je ne plaisante pas... Dieu m'est témoin que je voudrais m'être trompé; mais le doute ne m'est pas possible. Ils sont dans l'avant-scène des premières de droite, et Fanny a une robe de soie rose ; quant à de Metz, il a sa décoration du Lion de Holstein. Tu vois que j'ai bien vu ; mais, je t'en supplie, vas-y tout de suite, au nom de notre amitié.

— Je le veux bien, dit Maxime en haussant les épaules.

Puis il prit son chapeau et sortit.

Quant à Henri, il était plus tranquille depuis qu'il savait Maxime à l'Opéra-Comique.

— Et maintenant, Messieurs, pardon et merci. De combien nous cavons-nous? dit-il en s'asseyant.

— Cinquante louis, n'est-ce pas?

— Cent si vous voulez. Allons, Messieurs, une volante nerveuse, jusqu'à minuit je suis votre homme.

— Allons.

Et la partie commença, froide, puis, au bout de quelques instants, devint furieuse et animée par le jeu de Henri, qui faisait son reste à chaque coup et gagnait toujours.

Il était minuit et demi, et un jeune duc du faubourg Saint-Germain venait pour la seconde fois de se recaver de mille louis; la partie était belle et entourée d'une nombreuse galerie; on donnait :

— Carré !

— Double !

— Tenu !

— Argent ! dit Henri.

— Je passe, dirent chacun son tour les deux autres joueurs.

— Abattons ! dit le jeune duc.

— Cinquante à cœur !

— Brelan carré ! répondit Henri.

Et en levant les yeux il aperçut Maxime devant lui. Il se leva.

— Messieurs, voici minuit et demi, je vous avais donné jusqu'à minuit, vous me devez une demi-heure. Je n'ai pas besoin de vous dire que, n'était une circonstance grave, je resterais avec vous et continuerais la partie.

— Monsieur, dit le jeune duc en le saluant, vous êtes de nos amis, il ne valait pas la peine d'en dire autant, nous sommes gentilshommes et cela suffit.

— Soit, Messieurs, et adieu.

Puis Henri sortit, et prenant sa canne et son chapeau :

— Eh bien ! dit-il à Maxime, suis-je fou ?

— Non, c'est moi.

— Où sont-ils ?

— A la Maison dorée.

— Ah !

— Et j'ai retenu le cabinet voisin.

— Tu as bien fait, car nous allons rire.

Tout en causant de la sorte, ils étaient arrivés sur le boulevard.

La distance n'était pas longue, et bientôt ils parvinrent à leur cabinet.

— Surtout, Henri, pas d'imprudence, pas de scandale; du sang-froid, du calme, voilà comment tu la puniras le mieux.

— N'aie pas peur !

Puis, agitant la sonnette !

— Garçon, dites à M. de Metz, qui est dans le cabinet à côté, que deux de ses amis voudraient causer avec lui. Laissez-moi du papier et un crayon, pour que je fasse le menu.

Et il se mit à écrire.

— Que veux-tu faire? lui dit Maxime inquiet.

— Tu vas voir.

— Monsieur, interrompit le garçon en rentrant, ce monsieur regrette beaucoup de ne pouvoir se rendre à votre invitation, mais il est occupé.

— Occupé, à quoi donc? dit Henri en souriant.

— Oh! reprit le garçon d'un air malin, monsieur me comprend bien.

— Il est donc avec une femme?

— Comme le dit monsieur.

— C'est bien, servez-nous.

Le garçon se retira. Henri se leva, et, prenant son couvert à la main :

— Viens avec moi, dit-il à Maxime, et marchons carrément. Je serai calme, et vive la joie !

— Je compte sur ta parole.

— Eh ! sois donc tranquille.

Ils sortirent.

En ouvrant la porte du cabinet contigu, Henri et Maxime opérèrent une entrée solennelle.

De Metz et Fanny restèrent stupéfiés.

— Ma foi, mon cher de Metz, dit Henri, mille et mille fois pardon de l'indiscrétion et même de l'inconvenance, mais nous nous ennuyions tellement, Maxime et moi, que, sachant que vous étiez ici avec votre *maîtresse*, nous avons sauté à pieds joints sur les bienséances, et sommes venus sans façon unir nos soupers et l'amitié qui nous lie. J'espère, continua-t-il en s'inclinant et souriant avec grâce, que madame ne nous en voudra pas trop. Quant à vous, cher ami, dit-il à de Metz en lui tendant une main que celui-ci serra machinalement, nous n'avons besoin que de savoir la noblesse de votre cœur pour ne même pas vous faire nos excuses. Avoir vécu deux jours avec vous, cela suffit à vous apprécier.

Et, s'installant en face de la jeune femme, plus

pâle qu'une morte, et faisant signe à Maxime de s'asseoir à ses côtés :

— Garçon ! confondez les deux soupers, c'est moi qui suis l'*amphitryon*.

Puis il se mit à faire les honneurs de ce singulier repas avec toute la grâce et l'aménité possibles.

— Madame, vous offrirai-je de ce perdreau ? — De Metz, goûtez-moi ce Cliquot. — Maxime, est-ce que le Laffitte te fait peur ?

Et tout en mangeant comme quatre et buvant comme six :

— Le café ! les liqueurs ! dit-il après avoir servi à Fanny tous les plats qu'elle aimait, et choisi tous les morceaux favoris par son goût. — Des cigares !

Et on se mit à fumer.

Henri fit des cigarettes pour Fanny mourante.

Puis à trois heures :

— Il est tard !

Et enfin cette lutte cessa.

— L'addition, dit Henri en se levant. De Metz, mon bon ami, je vous abandonne au bonheur. Je m'en vais, et bien vite, car j'aurais peur de tomber amoureux de madame ; je crois que j'ai eu tort de vous déranger dans vos amours. Prenez garde à vous, ami, dit-il avec une ironie qui cinglait comme une

épée sur la figure d'un homme. A propos, demain,
au cercle, vous me direz le nom de **Madame**. Quand
on voit de si belles choses, on désire savoir comment
elles s'appellent. Viens-tu, Maxime? Adieu, chère
dame; permettez-moi de vous baiser la main. **Ne**
soyez pas jaloux, mon cher, continua-t-il en riant,
c'est pour la dernière fois.

Puis, ayant appuyé ses lèvres brûlantes sur cette
main froide, il sortit.

.   .   .   .

— Mais ce n'est pas une fin, cela.

— Je n'en sais pas davantage : faites-la !

COMMENT ON REFAIT SA FORTUNE.

— Messieurs, je vous annonce une éclipse totale.

— Du soleil ou de la lune?

— D'un soleil.

— Bah! Arago ne nous avait pas prévenu de celle-là.

— Ce n'est pas de sa faute. Il ne daigne voir que les phénomènes célestes, et celui-là est purement terrestre.

—Voyons, as-tu bientôt fini de tes paraboles? Que veux-tu dire?

— Je veux dire que l'astre le plus brillant qui scintillait dans la constellation du Lion, entre le 45° latitude Bréda, et le 33ᵉ longitude Italiens, vient de disparaître, ainsi qu'une simple étoile filante.

— Cesse ton style imagé, Aurélien, et arrive à la conclusion.

— La voici : Le beau, le brillant, l'élégant, le splendide Maxime de Lostanges vient de faire faillite à ses engagements, et a mis la clef sous la porte, comme le ferait un vulgaire marchand de parapluies ou un agent de change. Seulement il a payé ses dettes.

— Qui t'a dit cela ?

— La jeune Ernestine, que j'ai rencontrée tout à l'heure, éplorée de l'abandon de son infidèle, et jurant, ainsi que Rachel, de biblique mémoire, qu'elle ne s'en consolerait jamais, en essayant sur ses épaules un cachemire, dernier cadeau qu'il lui avait fait en lui adressant ses adieux.

— Mais où est-il allé ?

— Je n'en sais rien.

— Il s'est peut-être fait trappiste ? dit Anatole de Longpré.

— C'est possible ; mais je ne le crois pas.

— Sait-on au moins la raison qui l'a poussé à cette extrémité?

— On l'ignore.

— C'est un canard que veut nous faire avaler Aurélien.

— Messieurs, je vous proteste...

— Je parie que c'est un canard.

— Ma parole d'honneur.

— Dix louis de plus !

Ceci se passait sur le boulevard des Italiens, en face du café de Paris, et les jeunes gens, tout en fumant le délicieux havane, devisaient sur ce que venait de leur apprendre Aurélien de Gerta, le plus jeune d'entre eux, et ils ne pouvaient y croire, tant cette nouvelle leur paraissait étourdissante.

En effet, Maxime de Lostanges, qui était le roi de cette jeunesse dorée, qui donnait le ton à tous ces étourdis, dont la fortune ne pouvait être mise en doute, qui offrait les soupers les plus délicieux et les mieux ordonnés, dont on citait l'appartement pour un des plus élégamment confortables, qui avait les plus beaux chevaux de selle et le plus léger tilbury, Maxime enfin, qui l'avant-veille encore paraissait si gai, si insouciant, si sûr de lui et de l'avenir, ne pouvait avoir fui, au moment de la lutte ; les courses de la Marche n'allaient-elles pas s'ouvrir ? Maxime pouvait-il ne pas y assister ?

— C'est impossible ! je le répète, dit Camille, et je dirai à Maxime quel mauvais tour tu veux lui jouer.

— Tenez, voilà qui va lever tous les doutes. Je vois venir là-bas Lucien de Maune, l'ami le plus intime de Maxime ; il nous dira la vérité, lui.

— N'est-ce pas, Lucien, que Gerta ment comme un gérant de société en commandite ?

— C'est selon ; que dit-il ? répondit le nouvel arrivant en serrant les mains étendues vers lui.

— Il veut nous faire accroire que Maxime s'est retiré du monde.

— Aurélien a dit l'exacte vérité.

L'étonnement fut à son comble, le doute n'était plus possible. Lucien était à Maxime ce que la conscience est à l'homme. Lucien affirmait, c'était donc vrai.

— Mais est-ce pour longtemps ?

— Ce ne doit être qu'un voyage ?

— Non, ce n'est pas un voyage, c'est une retraite, et une retraite absolue. Maxime est perdu pour nous. Du reste, il n'a même pas voulu me communiquer

ce projet ; il craignait que je ne l'en dissuadasse.
Voici la lettre qu'il m'a envoyée :

« Mon cher Lucien,

» Quand tu recevras cette lettre, ne t'inquiète pas
» autrement. Nous serons peut-être bien des jours,
» bien des années sans pouvoir nous serrer la main ;
» car j'abandonne notre ancienne existence, et toi tu
» dois la continuer. Les causes qui ont amené ce
» résultat, tu ne peux les connaître encore ; mais tu
» les sauras plus tard. Je me porte bien, je te le
» répète, n'aie pas la moindre inquiétude sur moi.
» Pour que mes projets n'éprouvent aucune entrave,
» je dois te les cacher ; pardonne-moi ce mystère,
» ami. Quoique éloigné de toi, inostensiblement je
» saurai tout ce que tu fais ; tu recevras de mes nou-
» velles régulièrement, et, si tu as besoin de mon
» amitié, sois tranquille, elle veillera.

» Tout à toi.

» MAXIME. »

— Y comprenez-vous quelque chose, Lucien ?
— Non ; je ne cherche même pas à comprendre.
Maxime désire qu'on ne s'occupe pas de lui. Je con-
nais la fermeté de son caractère et sa droiture. J'at-

tends. Si vous voulez, messieurs, que nous restions
bons amis, nous causerons d'autre chose, et les
suppositions cesseront sur son compte.

Le ton dont furent prononcées ces paroles, et l'estime toute particulière qu'on faisait de celui qui les
avait dites, ne permettant pas d'observation, les
jeunes gens parlèrent à tort et à travers de toutes
sortes de choses; puis ils se séparèrent vers trois
heures pour aller faire leur toilette du soir, œuvre
si importante pour un dandy qui doit, ainsi qu'une
femme à la mode, changer de tenue au moins trois
fois par jour.

Les jours, les semaines, puis les mois s'écoulèrent,
et le souvenir de Maxime, qui s'était bien vite effacé
des jeunes cervelles de nos étourdis, n'existait plus
guère que dans un coin du cœur de Lucien, où il
l'avait enfoui en compagnie de son amitié.

Ainsi qu'il en avait pris l'engagement, Maxime
faisait régulièrement parvenir de ses nouvelles à Lucien, qui avait pris l'habitude, les jours où il recevait ces lettres, de ne pas sortir de chez lui; ces
jours-là il supposait recevoir son ami, et lui accordait l'hospitalité la plus gracieuse et la plus entière.

Maxime avait dit vrai : aussi, rien de sérieux dans
l'existence de Lucien ne se passait sans que Maxime

n'en fût aussitôt informé. Ses lettres prouvaient que, de près ou de loin, il n'avait pas oublié non plus son ami.

« Je sais, lui écrivait-il un jour, que tu as été au
» club, et que tu as perdu une forte somme ; cela va
» te gêner, et tu vas souscrire une lettre de change à
» quelque usurier pour te procurer quelques cen-
» taines de louis dont tu as besoin. Voici cinq billets
» de mille ; mets cela à mon *avoir*, et, crois-moi, ne
» t'entortille pas des Gobesecks. .   .   .   .   .
» .   .   .   .   »

Un jour Lucien fit la rencontre d'un rustre qui l'insulta ; les cartes furent échangées. En rentrant chez lui, il trouva un mot de Maxime :

« .   .   .   .   .   Tu te bats demain en duel ; c'est
» une bêtise, mais il faut la conduire jusqu'au bout.
» Je ne veux pas qu'un autre que moi te serve de té-
» moin. Je sais que le rendez-vous est pris avenue de
» la Muette, sept heures du matin : j'y serai.   .   .   »

C'était incroyable !

Le lendemain, à sept heures moins un quart, Lucien était au bois de Boulogne ; il trouvait Maxime quelques minutes après. Il y avait deux ans que les amis ne s'étaient vus ; ils s'embrassèrent avec effusion.

— Tu vas me dire..... commença Lucien.

— D'abord, tais-toi, interrompit Maxime. Je ne suis pas venu ici pour te faire des confidences. Pensons au sérieux. Sais-tu toujours tenir une épée ?

— Mais je ne crois pas avoir perdu.

— Voyons, essayons un peu.

Et il prit deux fleurets, dont il s'était pourvu à tout hasard, en donna un à Lucien, garda l'autre, et tomba lui-même en garde avec l'aplomb, la légèreté et l'élégance qui distinguent un homme de première force.

Après quelques passes brillantes et solides, où il n'avait boutonné Lucien que trois fois, il abaissa son fleuret en disant :

— Allons, cela ira bien.

Puis il lui donna encore quelques conseils, car il était réellement d'une force supérieure ; et, l'heure étant arrivée et les adversaires aussi, on régla les conditions du combat : on devait s'arrêter au premier sang.

La rencontre eut lieu ; Lucien blessa son adversaire à l'épaule.

— Maintenant, adieu, cher ami, lui dit Maxime en l'embrassant de nouveau ; tâche de ne pas avoir de duels tous les jours, cela me dérange.

— Mais, sacrebleu, Maxime, écoute donc !

— Je n'écoute rien. Et de plus, si tu veux me
faire plaisir, tu n'insisteras ni pour me faire rester,
ni pour savoir où je vais. Tu sais que tu peux compter sur moi. Si, de mon côté, j'avais besoin de toi, je
sais où te trouver, cela doit te suffire. Adieu, Lucien, ou plutôt au revoir. Un peu de patience encore, et tu sauras tout.

Et, après avoir salué tout le monde, il s'éloigna
dans l'épaisseur du bois.

— Singulier garçon, murmura Lucien en repre-
nant le chemin de Paris.

Deux années s'étaient écoulées depuis le duel de
Lucien, et sa correspondance avec Maxime n'avait
pas cessé d'être régulière.

Un soir, en rentrant chez lui, il trouva une lettre
dont l'écriture lui était inconnue, et qui contenait
ces mots :

« Monsieur Lucien de Maune est prié de passer,
» demain mardi, à onze heures précises du matin,
» rue de la Verrerie, nº 19, chez M. Legendre, pour
» affaire qui l'intéresse. »

Lucien ne connaissait aucunement M. Legendre ;
aussi fut-il très-intrigué de cette invitation pres-
sante. Il crut un moment à une mystification, fut

sur le point de ne pas tenir compte de la missive, et de la jeter au feu ; pourtant il se ravisa :

— Ah bah ! se dit-il, tentons l'aventure : si c'est une plaisanterie, elle sera de mauvais goût, voilà tout ; si c'est une bonne aubaine, tant mieux, j'en profiterai.

Et il s'endormit en murmurant :

— Rue de la Verrerie, M. Legendre. Je ne sais pas du tout ce que cela veut dire.

Le lendemain, à onze heures, il arrivait rue de la Verrerie, n° 19, et demandait M. Legendre.

On lui dit que c'était chez l'épicier à côté.

— Un épicier ! Ah ! diable ! je comprends de moins en moins.

Il y entra, et, au vu de sa lettre, un garçon le fit passer dans une arrière-boutique, lui fit monter un petit escalier en colimaçon, au haut duquel il trouva un palier.

Le garçon ouvrit une porte et dit à Lucien :

— Veuillez attendre un moment.

Lucien se trouvait alors dans un salon d'un aspect fabuleux pour un industriel de cette catégorie. Le goût le plus exquis avait présidé à son arrangement ; les tentures, d'une étoffe choisie, déployaient leurs

plis luxueux ; tout y respirait enfin le confortable
le plus exercé. Il crut même, dans l'assemblage des
couleurs, reconnaître celles qu'affectionnait le plus
Maxime de Lostanges, dans le temps qu'il savait fixer
les caprices de la mode.

Un éclair traversa le cerveau de Lucien.

— Ne cherche pas davantage, mon bon Lucien,
c'est moi, dit Maxime, qui entrait en ce moment et
sauta au cou de son ami. Le moment est venu
où je puis enfin t'expliquer le mystère de ma conduite; mais auparavant, il est l'heure de déjeuner,
suis-moi. Nous tâcherons de retrouver un de nos
anciens jours.

Et il entraîna Lucien, qui n'avait pas dit une parole, dans une salle où le couvert mis, annonçait
l'homme qui sait manger.

Le déjeuner fut délicieux; rien n'y manqua.

On retourna au salon, où le café avait été servi.

Les cigares allumés, Maxime prit la parole :

— Tu sais, mon cher Lucien, qu'à ma majorité,
mon tuteur me remit, en honnête homme qu'il était,
des comptes me prouvant que ma fortune s'élevait
à 500 mille francs, c'est-à-dire 25 mille livres de
rente, mais que, resté sans famille, c'était mon tout;
puis il m'adressa quelques bons conseils, pour que

je ne dissipasse pas follement cette fortune, et me laissa entièrement maître de mes volontés, ainsi que la loi m'en donnait le droit, se fiant du reste à mon bon sens et à ma droiture. Tu sais ce que c'est, pour un jeune homme qui a rêvé l'indépendance, qui a vu à travers les murs d'un collége, et avec le prisme de ses vingt ans, les mille jouissances d'une vie facile, élégante, commode, tu sais ce que c'est lorsqu'on voit se réaliser ces chimères de son imagination ; ainsi qu'un cheval qui a fourni une longue course sous un soleil brûlant et que la soif dévore se jette à plein poitrail et malgré les efforts de son cavalier, dans l'eau qui se présente à sa vue pour s'y désaltérer, de même je me plongeai la tête la première dans cet océan de la vie parisienne, qui a bien aussi ses vagues et ses écueils ; de ce premier élan je revins un peu meurtri, mais non découragé. J'y retournai encore et me formai peu à peu. Je devins enfin un des princes régnants de la jeunesse turbulente et dorée de notre époque. Je tins ferme et bien, autant qu'il me fut possible, ce sceptre de la mode, difficile à porter, en ce que l'impôt part de la couronne et ne lui revient pas. Mais cette royauté factice me coûtait cher ; mes revenus n'y pouvaient suffire. Le capital fut entamé, et, un beau jour, je

m'aperçus qu'il faudrait honteusement donner ma
démission, capituler faute de vivres. Je voulus éviter
cette déchéance. J'aurais pu, je le sais, avec mon
nom et ce qui me restait encore, trouver quelque
part une fille qui m'aurait peut-être apporté un
million en dot; mais c'était l'esclavage, et je préfé-
rai, sans en parler à qui que ce fût, pas même à
toi, mon ami, qui connaissais toute ma vie, rompre
brusquement avec mon luxe passé, tout en laissant
croire que mon caprice seul était la cause de ma retraite. Mes derniers jours furent mes plus brillants,
tu dois te le rappeler; je jouais de mon reste,
comme on dit vulgairement. J'étais ruiné, mais
mon amour-propre était sauf. Toutes mes dettes
payées, il me restait une soixantaine de mille francs.
J'avais encore un moyen, c'était d'acheter de la
rente pour cette somme et de m'en faire trois
mille livres de revenu, que j'aurais pu doubler, dit-
on, en élevant des lapins; mais c'était en vérité
trop peu, et puis il aurait fallu me retirer à la
campagne, et j'ai horreur de l'idylle qui ne peut
pas être fastueuse. J'avais bien pris mon parti, mais
je ne l'avais pas pris en désespéré. Tu me connais;
tu sais la fermeté de mes résolutions, avec quelle
persistance je poursuis le but que je me suis pro-

posé. Je résolus de refaire ma fortune ; et, tu vas
rire, le moyen qui me parut le plus solide pour arriver à ce résultat, ce ne fut pas de me lancer dans
les hautes spéculations financières, mes capitaux ne
me permettaient pas de le faire loyalement, et je dé-
teste les gens de Bourse ; ce ne fut pas non plus
d'aller tenter de découvrir de nouvelles mines d'or,
un Pérou quelconque, c'était trop chanceux ; non,
je voulus quelque chose de moins brillant, de plus
lent peut-être, mais plus solide ; je me fis marchand
de denrées coloniales, épicier, enfin !

Oui, mon cher, le brillant Maxime dépouilla son
frac noir pour revêtir la veste et la serpillière de l'é-
picier, de cet honnête industriel, tant plaisanté par
tout le monde, et qui se moque de tout le monde,
abrité derrière son comptoir, où les mauvais plai-
sants qui le caricaturent viennent forcément déposer
leur monnaie de billon, qui finit par produire de jolies pièces de cent sous, lesquelles arrivent, par la
multiplication, à se transformer en beau louis d'or
et en inscriptions sur le grand livre.

Voilà quatre ans que j'ai acheté cette modeste
boutique. Je ne manque pas d'intelligence ; je fus
bien vite au fait de ce commerce. J'en analysai les
ressources, et je trouvai des combinaisons qui de-

vaient avancer la réalisation de mon projet. J'eus le bonheur de faire de très-belles transactions sur les canelles, le poivre et d'autres substances exotiques. Enfin, j'ai aujourd'hui regagné et au delà, par mon industrie, ma volonté et mon courage, ce que ma folie, mon orgueil et mon amour-propre m'avaient fait perdre. Ceci doit te prouver, mon cher, qu'il n'y a pas de sot métier.

Tu comprends maintenant pourquoi je n'ai pas voulu te dire ces choses; plus tôt tu m'aurais peut-être dissuadé, en tout cas, il fallait que je dissimulasse mes anciennes folies pour établir mon crédit que mes relations avec un jeune et brillant dandy comme toi, eussent pu compromettre; et vois quel résultat superbe tu m'aurais empêché d'obtenir. Si je voulais liquider aujourd'hui, je réaliserais au moins 5 à 600 mille francs. Et rien ne m'empêcherait alors de reprendre mon ancienne existence; car je n'ai rien perdu de mon élégance native.

Lucien reconnut que Maxime disait vrai. Il était impossible d'être mieux et d'avoir plus bel air que ne l'avait le fashionable épicier dans sa robe de chambre, qu'il portait à merveille. Lucien croyait rêver et doutait des quatre années qui venaient de s'écouler.

— Est-ce que tu ne le feras pas, mon bon Maxime ?

Maxime, sans répondre à cette question, engagea Lucien à descendre avec lui dans la boutique.

— Viens voir, lui dit-il, les outils avec lesquels j'ai su édifier cette fortune de 30 mille francs de rente, viens.

Ils descendirent.

Maxime, après avoir préalablement dépouillé sa luxueuse robe de chambre et revêtu une simple veste de drap grossier, conduisit son ami dans les coins et recoins de son officine. Au moment où il lui montrait ses sucres et ses pralines, un client entra dans la boutique et demanda une livre de sel ; les garçons, qui prenaient leur repas, ne s'étant point présentés assez vite pour servir la pratique, Maxime, avec la dextérité la plus habile, pesa lui-même la livre de sel demandée, reçut une pièce de monnaie, sur laquelle il perçut, avec une exactitude toute commerciale, les quatre sous et demi qui lui revenaient, sans rendre ni retenir un centime de plus.

Lucien ne revenait pas de son étonnement.

— Cela te surprend, lui dit Maxime ; mais, mon cher, dans le commerce de détail il n'y a pas de petit bénéfice.

— Et tu es heureux ainsi? lui demanda Lucien.

— Parfaitement; et cela est bien simple.

— Pourquoi?

— Parce que j'ai la volonté de l'être.

— Alors, tout est pour le mieux.

— Tu peux maintenant venir me voir quand tu voudras, mon ami. Tu connais mon secret; je sai que tu n'en abuseras pas. Tu viendras?

— Oh! certainement. Et toi, est-ce que tu ne reprendras pas ta place parmi nous?

— Peut-être!

Et les deux amis se quittèrent en se serrant la main.

Si Maxime revient, nous le dirons au peuple.

NOCTURNE A PLUSIEURS VOIX.

PERSONNAGES.

UN PISTON spirituel.
UN PROFESSEUR DE DANSE, douteux, pas pour la danse.
UN HAUTBOIS, ivre.
DEUX ÉTUDIANTS, comme ci-dessus, venant de recevoir leur mois.
UNE GROSSE FEMME, maîtresse du piston.
UNE FEMME maigre.
UN PHILOSOPHE.
UN POETE.
UN JEUNE HOMME de vingt-cinq mille livres de rente.
UN BRIGADIER de Sergents de ville.
HOMMES ET FEMMES, SERGENTS DE VILLE, MESSIEURS ET DAMES ET AUTRES.

La scène se passe dans une arrière-salle de boutique de pâtissier. — Un vieux canapé jaune en velours d'Utrecht, tables, chaises, verres et deux chandelles. — Il est onze heures. — Solitude complète.

SCÈNE PREMIÈRE.

LE PROFESSEUR DE DANSE, LE PISTON, LA
GROSSE FEMME et LA FEMME MAIGRE, entrant.

LE PISTON.

Alors donc, tu m'offres un verre de bordeaux ?

LE PROFESSEUR.

Oui. Lavrille, quatre verres de bordeaux.

LE PISTON.

Et la danse ?

LE PROFESSEUR.

Ça ne mord pas.

LE PISTON.

Ah ! tant pire.

LE HAUTBOIS, entrant.

Tiens, qu'est-ce que vous buvez donc là, vous autres ? (S'adressant au Piston.) Tu ne sais pas, je viens de monter la garde, je suis soûl comme trente mille hommes, mon cher. Ah çà, on ne boit donc pas ici ? Lavrille, du bordeaux !

(Arrivent deux Étudiants. Salutations de part et d'autre.)

PREMIER ÉTUDIANT.

J'ai entendu parler de bordeaux, j'en boirais bien aussi. Et toi ?

DEUXIÈME ÉTUDIANT.

Tiens, ça, c'est une idée.

LE PROFESSEUR, d'un air prétentieux.

Si ces Messieurs veulent faire comme nous ?

PREMIER ÉTUDIANT.

Certainement, et avec plaisir encore. Plus on est de fous, plus on .... Non, enfin j' sais pas, c'est égal.

LE PISTON, poliment.

Ah ! oui, monsieur, c'est égal.

(On s'offre réciproquement plusieurs tournées de bordeaux. Puis on entend fermer la boutique. Il est minuit un quart, le Professeur de danse se penche à l'oreille du Piston.)

LE PROFESSEUR.

Dis donc, tu n'as pas cent sous à me prêter?

LE PISTON, qui n'a que cent sous sur lui.

Mon cher, je n'ai pas le sou.

PREMIER ÉTUDIANT.

Ah çà! y n' s'agit pas de coucher ici, il faut nous en aller. Si vous voulez, nous irons prendre du champagne chez Beaudemontier. Qu'est-ce que nous avons à payer ici?

LE PROFESSEUR, tirant trois francs de sa poche et les jetant majestueusement sur la table.

Voilà trois francs!

LE HAUTBOIS.

Mais non, c'est moi qui paye.

DEUXIÈME ÉTUDIANT.

Mais non, c'est nous qui payons.

LE HAUTBOIS.

Ah çà! Messieurs, croyez-vous?...

PREMIER ÉTUDIANT, d'un ton de menace.

Quoi donc, Monsieur?

LE PISTON, se levant.

Messieurs, je vous en prie, on va partager la dépense.

DEUXIÈME ÉTUDIANT, ivre mort.

Moi, je veux payer. (Il tire une poignée de pièces de cent sous qu'il jette sur la table et qui tombent à terre.) Vous croyez peut-être que nous n'avons pas le sou.

(Tout le monde se baisse pour ramasser l'argent éparpillé. Pendant ce temps le Hautbois paye. Le Piston prend le deuxième Étudiant par le bras et le reste suit.)

SCÈNE II.

Sur le boulevard, — rue Vivienne, — place de la Bourse, — rue des Filles-Saint-Thomas et rue Richelieu.

PREMIER ÉTUDIANT, à son camarade.

Tiens, je te joue à pile ou face à qui payera le champagne.

DEUXIÈME ÉTUDIANT.

Je le veux bien. Commence.

(Premier Étudiant jetant une pièce de cent sous en l'air.)

DEUXIÈME ÉTUDIANT.

Pile! (La pièce tombe en roulant du trottoir dans le ruisseau.)

PREMIER ÉTUDIANT.

Où est-elle donc, la pièce?

DEUXIÈME ÉTUDIANT.

Tiens, je ne la vois pas.

PREMIER ÉTUDIANT.

Recommençons cela.

(Le même jeu recommence à cinq ou six reprises différentes, amenant le même résultat. Pendant ce temps arrive le reste de la troupe,
un peu attardé par les femmes.)

LE PISTON.

Est-ce que vous avez perdu de l'argent, Messieurs?

DEUXIÈME ÉTUDIANT.

Oui!... non ! nous jouions à pile ou face, et nous
ne retrouvons ni pile ni face.

(On cherche les pièces. Le Hautbois tombe sur ses genoux pour être
plus à portée.)

PREMIER ÉTUDIANT.

Ah bien! tant pis ; puisqu'on ne les retrouve pas,
laissons-les.

DEUXIÈME ÉTUDIANT.

C'est ça, laissons-les.

LE PROFESSEUR.

Mais non, il ne faut pas les laisser. D'abord combien y en a-t-il?

PREMIER ÉTUDIANT.

Ah ! je ne sais pas, moi... je crois qu'il y en a bien
trois ou quatre. (Au deuxième Étudiant.) Et toi ?,

DEUXIÈME ÉTUDIANT.

J'en avais... j'en avais... j'en avais cinq.

(Nouvelles recherches de la partie sérieuse de la bande. Pendant ce
temps le Hautbois et les deux Étudiants s'embrassent en pleurant.)

5.

LE PISTON, les mains pleines de bouc, rapportant les pièces.

Enfin, ce n'est pas sans peine. (Les remettant au premier Étudiant.) Vous êtes bien sûr qu'il n'y en avait que neuf ?

DEUXIÈME ÉTUDIANT, se jetant au cou du Piston.

Oui, mon ami... car tu es mon ami, toi. Tu viendras coucher dans ma chambre. Nous ne nous quitterons plus.

LE PISTON, se dégageant.

Messieurs, il pleut, et je crois que nous ferions bien de hâter notre marche.

(Assentiment général.)

TOUS.

Tiens, c'est vrai, il pleut; dépêchons-nous.

(Les deux Étudiants enfilent la rue des Filles-Saint-Thomas en courant et en chantant à tue-tête l'air : *Larifla*, qui se perd dans l'éloignement.)

LE PROFESSEUR, au Piston.

Est-ce que tu ne sais pas la rédowa, toi ?

LE PISTON.

Non, je sais la polka et la schottish, mais je ne sais pas la rédowa.

LE PROFESSEUR.

Ça n'est pourtant pas difficile, tiens.

(Il danse.)

LE PISTON.

Comment fais-tu?

LE PROFESSEUR.

Regarde. Avance le pied droit comme ça, vois-tu? en glissant : rapproche le talon gauche du talon droit; mais pas comme ça... comme ça, tiens?

(Il cherche à faire une démonstration.)

LE PISTON.

Ah bien! j'y suis, comme ça?

LE PROFESSEUR.

Oui; maintenant repars de ton pied gauche en glissant toujours.

LE PISTON.

Comme ça?

LE PROFESSEUR.

Oui, et puis rapproche ton talon droit de ton talon gauche. C'est ça, et repars de ton pied droit, ça n'est pas plus difficile que ça.

LE PISTON, dansant.

Tiens, ça n'est pas difficile.

LE PROFESSEUR.

Eh bien, à présent allons ensemble.

(Il prend le Piston par la taille et ils dansent. Tout à coup on entend dans la direction que viennent de prendre les Étudiants le bruit d'une vive altercation. La danse cesse.)

LE PISTON.

Je suis sûr que ce sont nos deux pochards qui se
font pincer.

LE PROFESSEUR.

C'est bien possible.

LE PISTON.

Voyons, dépêchons, nous ne les laisserons pas
dans l'embarras, les pauvres diables.

(Ils courent. Au coin des rues Richelieu et des Filles-Saint-Thomas,
ils trouvent les deux Étudiants au milieu d'une patrouille de sergents
de ville qui les emmène au violon.)

LE PISTON, arrivant le premier, tout essoufflé. S'adressant au Briga-
gadier des sergents de ville.

Mon Dieu, monsieur le brigadier, ces deux jeunes
gens sont nos amis. Ils sont gris, nous étions restés
en arrière ne voulant pas troubler la tranquillité
publique... En vérité, Monsieur, veuillez les re-
lâcher.

LE BRIGADIER.

Non! non! Comment! faire un pareil tapage à une
heure aussi indue, troubler le sommeil de paisibles
citoyens! Il est une heure du matin, est-ce que c'est
une heure convenable? Ils empêchent les autres
de dormir, ils iront au violon. Ça leur apprendra.
Allons! en route, en avant, marche, au poste!

LE PISTON, insistant.

Mais, monsieur le brigadier.....

LE BRIGADIER.

Ah çà ! mais ne m'ennuyez pas, car vous aussi je vous mets dedans. Allons, filez, et plus vite que cela.

(La patrouille s'éloigne, suivie par le reste des personnages, qui finissent par arriver silencieux et sombres devant la porte du Pâtissier.)

SCÈNE III.

LE PATISSIER de la rue Richelieu.

Une boutique, — porte à deux battants. — En entrant, des deux côtés, un comptoir. — L'un, celui de droite, chargé de gâteaux et pâtisseries en tous genres. — Celui de gauche, de pains et d'une paire de balances : les poids sont à côté. — Au fond, un poêle sur lequel est une étuve environnée de petites tablettes où se trouvent des victuailles. — Deux portes, l'une à gauche, conduisant au fournil ; l'autre donnant sur une petite salle très-basse. — A droite, dans la petite salle, deux tables ; à gauche, une table ronde fermée. — Puis encore deux autres tables. — Et au fond une porte conduisant dans la cuisine.

(Le jeune homme de vingt-cinq mille francs de rente assis à la première table à droite, attendant qu'on le serve. Arrivent le Hautbois, le Piston, les deux femmes et le Professeur de danse. A la table au fond à gauche, se trouvent le Poëte et le Philosophe.)

LE JEUNE HOMME.

Eh bien, garçon, et ma sarcelle ?

LE GARÇON, apportant un plat.

Voilà, Monsieur.

LE JEUNE HOMME, regardant l'animal.

Qu'est-ce que c'est que ce pierrot-là ?

LE HAUTBOIS, entrant.

Comment, ce pierrot-là ?

LE JEUNE HOMME.

Monsieur, ce n'est pas à vous que je parle.

LE PISTON, entrant. Au Jeune homme.

Tiens, bonjour ! Comment vas-tu ?

LE HAUTBOIS, furieux, appuyant ses deux poings sur la table du Jeune homme.

Oui, Monsieur, vous avez eu l'intention de m'insulter, et je vous flanquerai la main sur la figure.

LE JEUNE HOMME.

Voulez-vous me laisser la paix... Est-ce que j'ai affaire à vous... Est-ce que je vous connais ? Si vous êtes ivre, allez cuver votre vin ailleurs.

LE PISTON.

Qu'est-ce qu'il y a donc ?

LE JEUNE HOMME.

Eh ! c'est ce Monsieur.

LE HAUTBOIS, interrompant.

Figure-toi, mon cher, qu'en entrant il m'appelle pierrot.

LE PISTON.

Comment ça ?

LE JEUNE HOMME, haussant les épaules.

Figure-toi, mon cher, qu'on m'apporte une merluche au lieu d'une sarcelle, alors je demande au garçon ce que c'était que ce pierrot-là, et ton ami prétend que je l'ai insulté.

LE PISTON, riant à se tenir les côtes.

Ah! ah! ah! c'est très-drôle... Mais ne fais pas attention, il est ivre comme la bourrique à Robespierre. (Se tournant du côté du Hautbois.) Comment, malheureux!... Tiens, où est-il donc passé?

LE HAUTBOIS est passé dans la première boutique, où se trouvent un Monsieur et une Dame. S'adressant au Monsieur.

Figurez-vous, Monsieur, qu'en entrant dans cette salle, il y a un manant qui m'appelle pierrot et qui veut que je prenne bien la chose. (Serrant le bras du Monsieur, qui a très-peur pour sa femme.) Je ne le souffrirai pas, Monsieur; vous devez comprendre ça, vous, car je suis un homme qu'on n'insulte pas impunément, Monsieur. (Se promenant dans la boutique à grands pas, suivi du Piston, qui est sorti de la salle et cherche à le calmer.) Je lui casserai les reins d'abord, et je le tuerai après. Non, Monsieur, je ne le souffrirai pas; je n'ai jamais eu de tache sur mon nom, je suis un honnête homme, moi, Monsieur. (Pleurant.) Oui, Monsieur, je suis un honnête homme. (Saisissant un poids et le frappant avec force

sur le plateau de la balance, ce qui fait bondir le Monsieur et la Dame,
qui payent et se sauvent.) Et vous croyez que je le souffrirai! (Au Piston.) Laisse-moi en repos, toi.

LE PISTON.

Mon ami, je t'en prie! Voyons...

LE HAUTBOIS, sans l'écouter.

Eh bien, où est-il donc ce Monsieur?... Pourquoi
est-il donc parti comme ça?... est-ce que j'ai été im-
poli, est-ce que je ne me suis pas conduit en gentilhomme, est-ce que je lui ai dit des grossièretés?
pourquoi s'en vont-ils comme ça? (Il rentre dans la salle.
Au Jeune homme de vingt-cinq mille francs.) Vous le retrouve-
rez votre pierrot, allez.

LE PISTON.

Viens donc, mon ami, retrouver ces dames; les
huîtres sont ouvertes, mangeons.

(Ils s'attablent.)

LE POETE.

Oui, les aspirations divines émanent de l'azur du
ciel, les vers sont les paroles des anges, et le sym-
bole glorieux de la Trinité sera toujours le triangle
de feu, la sauvegarde des crimes des hommes !

LE PHILOSOPHE.

Et pourquoi le Christ est-il le Christ? (Prenant sa canne.)
Car enfin voilà une canne, n'est-ce pas? Pourquoi

l'appelle-t-on canne? Tu n'en sais rien, ni moi non plus. Eh bien, alors? Quand l'homme a été jeté sur la terre il ne pouvait pas se défendre, et les animaux le pouvaient. Pourquoi? C'est le problème de la question humaine.

(Il boit. Pendant ce temps, le Poëte a gagné une table voisine et a pris une position horizontale. Les deux autres tables restées vides jusqu'alors se sont garnies de consommateurs.)

LE PHILOSOPHE, mettant la canne sur la table, et sa tête sur la canne, s'endort en murmurant :

Voilà le problème de la grande question humaine!...

LE HAUTBOIS, tout en mangeant.

Mais alors, pourquoi ne m'a-t-on pas fait des excuses?...

LE PISTON.

Il n'avait pas besoin de t'en faire, puisqu'il ne s'adressait pas à toi. Allons, mange et laisse-nous tranquilles...

(Le Hautbois se lève et passe dans la boutique.)

LA GROSSE FEMME.

Est-il embêtant quand il a bu, celui-là! quelle scie!

LE HAUTBOIS, très-ivre, dans la boutique, s'adressant à un Monsieur qui a des moustaches et mange.

Figurez-vous, Monsieur...

(Le Gros Monsieur sort. Le Hautbois rentre. La Femme maigre sort par la petite porte de la cuisine, puis rentre quelques minutes après, et en passant effleure le Poëte.)

LA FEMME MAIGRE, furieuse, et frappant sur le Poëte.

Voulez-vous finir! Depuis quand pince-t-on les femmes de cette façon-là? Est-ce que je vous connais, moi?

(Rire général.)

LE POETE, sans bouger, et avec inspiration.

Enfin! je les ai donc trouvées celles que je rêve depuis si longtemps!

(La Femme maigre lui donne une paire de soufflets.)

LE JEUNE HOMME de vingt-cinq mille francs, s'approchant vivement.

Allons, finissons là. On ne frappe pas ici.

(Il prend la Femme maigre par le bras pour l'arrêter; son pied s'embarrasse dans le pied de la table qui tombe, elle, lui et le Poëte, sur le Philosophe qui chancelle sur sa chaise; on ne voit plus que des pieds. C'est un amas confus de bouteilles et de verres cassés. Tout le monde se lève, on relève le Jeune homme de vingt-cinq mille francs, qui retourne à sa table, ainsi que le Philosophe.)

LE PISTON, relevant le Poëte.

Dieu merci, il n'est pas fêlé! (Au même instant le Poëte se sent incommodé.) Il n'y a que des bouteilles cassées, et elles se répandent!

LA GROSSE FEMME.

Ah! mon Dieu, mon Dieu! voilà ma robe perdue. Comme c'est agréable! (Rire général.) Garçon! une ser-

viette de l'eau. Vous riez de ça, vous autres, tas
d'imbéciles ! Avec ça que c'est drôle.

LE PISTON, riant.

Mais ça ne tachera pas.

LA GROSSE FEMME, qui frotte sa robe et qui voit que ça s'en va.

Ah bien, si ça ne tache pas, alors c'est drôle !

Le Piston l'embrasse. Le Hautbois s'endort sur l'épaule de son ami.
Le Jeune homme de vingt-cinq mille francs continue son souper.
Le Philosophe dort et le Poëte boit. Il est trois heures du matin.)

TABLEAU.

COMMENT ON MEURT.

J'étais ce jour-là d'une humeur atroce.

Je venais de rudoyer mon chien, superbe animal, originaire des Alpes. Henri de Simeuse, l'ayant acheté à un pâtre, gardeur de chèvres à quelques milliers de toises au-dessus du niveau de la mer, avait trouvé drôle d'amener à Paris ce brave animal, dont la destinée était de lutter avec les ours, et qui, pour l'heure, transplanté dans mon petit appartement de la Chaussée-d'Antin, ne dépérissait pas trop.

Turc, c'est le nom que j'ai fait graver sur la carte

de visite de mon chien, carte qu'il porte toujours autour de son cou en forme de collier, Turc, dis-je,
avait cru s'apercevoir de la teinte de tristesse qui se
reflétait sur ma physionomie, et sans façon était venu
poser son gros museau tout ramassé sur mes genoux.
Je l'avais maussadement repoussé.

Pourquoi donc étais-je de si détestable humeur?
Hélas! quand on est garçon, qu'on a vingt-cinq ans,
et qu'on n'est pas abordable, c'est sûrement que
l'escarcelle est pauvrement garnie, et j'avais la veille
follement dépensé mon dernier louis à je ne sais quel
exercice stupide; je crois que cela s'appelle le lans-
quenet.

Je n'avais pas encore pris stoïquement mon parti
de ce désastre californien, et, les pieds sur les chenets, roulant entre mes doigts une cigarette que
j'oubliais de fumer, je songeais à l'instabilité des
choses d'ici-bas, lorsque je fus distrait de cette préoccupation par le manége de Turc autour de la porte,
avec une manifestation de joie qu'il sait rendre,
comme tous les individus de la race canine, par un
vif mouvement de cette vertèbre qui prolonge leur
échine au delà de la chute des reins.

C'était évidemment un ami qui venait chez moi,
et, qui plus est, c'était un ami de Turc.

Car il est bon de vous dire que tous mes amis n'é-
taient pas, pour cela seul qu'ils me donnaient la
main, les amis de Turc ; non, Turc choisissait et
avait ses préférences comme ses antipathies.

Turc est très-intelligent.

Qui diable pouvait venir chez moi et exciter ainsi
la jubilation de mon chien ?

Je n'attendis pas longtemps ; j'ai l'excellente habitude, quand je suis seul, de laisser toujours ma
clef à ma porte, et tous mes amis savent que dans
ces moments-là, pour être tacite, l'invitation d'entrer
n'en est pas moins formelle ! donc j'avais eu à peine
le temps de tourner la tête, que je me sentis serrer
la main ; c'était Henri de Simeuse.

Je ne m'étonnai plus du bonheur de Turc. J'avais
dans Henri un rival dangereux auprès de mon chien.
Turc m'est très-dévoué, mais il adore Henri, et je
le lui pardonne, parce que c'est de la reconnaissance.

— Ah ! pardieu, mon cher Henri, vous ne pouviez
arriver plus à propos ; je m'ennuie d'une façon désespérante.

— Vraiment ! Qu'avez-vous, cher ami ?

— Oh ! rien, un cataclysme financier, nuage qui

6

passera au premier coup de vent d'une fortune moins rebelle.

— Ce n'est que cela, je me rassure : c'est une maladie qui nous est familière. Du reste, vous le savez, ma bourse est à votre disposition.

— Oui, merci; mais je n'en userai pas.

— A votre aise. Cependant vous accepterez le dîner que je viens v͏   offrir ?

— Va pour le dîner. Où m'emmenez-vous ?

— Où le sort nous conduira.

— Partons.

Je passai un paletot, des gants, pris ma canne et mon chapeau, puis nous descendîmes. En passant devant la porte du concierge, dont la femme est chargée des soins de mon ménage, je recommandai de ne pas oublier le dîner de Turc, qu'à son grand désappointement, nous avions été obligés d'abandonner, attendu que c'est un hôte fort incommode dans un restaurant.

Pour deux jeunes gens en tête à tête, le dîner n'est qu'un prétexte, le but c'est la causerie, à moins pourtant que, chose ordinaire, le dîner ait lieu entre deux convives affamés dont tout l'esprit réside dans la capacité plus ou moins vaste d'un estomac délabré. Heureusement nous n'en étions pas là. Aussi

causâmes-nous beaucoup, Henri et moi ; nous cau-
sâmes de mille choses, tantôt sérieuses, tantôt fu-
tiles, de riens, intéressants parce qu'une réplique,
venue à propos, ranime une conversation languis-
sante près de tomber dans le lieu commun, et qui,
ainsi relevée, arrive souvent jusqu'à l'esprit et atteint toujours au pittoresque.

Après avoir savouré le café, nous allumâmes nos
cigares, et, bras dessus, bras dessous, nous chemi-
nâmes lentement, en gens qui ne sont pas pressés
de leur temps et veulent accélérer la digestion par
une promenade au grand air.

La soirée était superbe, mais on était arrivé aux
derniers jours d'octobre, et, quoique nous fussions
bien couverts, le vent, qui soufflait *grand frais*, et
dont les raffales, balayant le boulevard, venaient
nous fouetter la figure des mille picotements du
sable et de la poussière soulevés par elles, nous in-
vita bientôt à rentrer.

Je proposai à Henri de m'accompagner chez moi,
où, mieux abrités, nous pourrions continuer notre
conversation, qui ne s'épuisait pas.

Et comme il n'était pas neuf heures, que Henri
n'avait aucun engagement, il accepta, et nous arri-
vâmes rue de la Chaussée-d'Antin.

En rentrant, ma portière me remit une carte de visite et une lettre; la carte de visite était d'un indifférent qu'il m'importait peu d'avoir manqué; la lettre était d'un homme porteur d'un nom déjà célèbre, et qu'il rend plus célèbre chaque jour par sa science, qu'il applique avec discernement, courage et bonté; cette lettre était du docteur C...

Le docteur C... appartient à cette génération d'hommes forts, avant-garde immédiate de la nôtre, et qui, nés avec le siècle, marchent dans les idées de progrès qu'il a enfantées, tout en conservant ce parfum d'urbanité parfaite et de bonne compagnie de l'ancienne école, parfum puisé dans leur éducation et leurs relations choisies, et que nous avons perdu, nous autres jeunes gens, au contact de toutes les sociétés mêlées, au milieu desquelles nous ne craignons pas de nous rencontrer, coudoyant dans un café un grec de bas étage, ou frôlant sur le boulevard la robe maculée d'impuretés de la fille à cinq francs.

Comme homme, le docteur C... est un des plus charmants esprits que je connaisse; comme médecin, je ne crois rien d'impossible à son savoir, dans les limites accordées à la créature par le Créateur.

Le docteur C... donnait ses soins à une femme

dont la vie agitée et pleine de désordres avait altéré l'organisme d'une manière tellement grave, que, malgré toutes les ressources de la science, il était impossible de la sauver. Néanmoins il avait tenté l'œuvre, parce qu'il considère le dévouement comme un devoir. Je connaissais cette femme, et, m'intéressant vivement à elle malgré l'impossibilité du salut, je lui en avais souvent parlé ; il me disait dans sa lettre que de nouveaux phénomènes étant survenus, elle avait succombé la veille.

Cette lecture me replongea dans la tristesse, évanouie au feu de notre causerie amicale, et Henri, qui s'en aperçut, me demanda la cause de cette rechute.

Je lui lus ce que m'écrivait le docteur.

— Ah! mon cher, c'est différent. Vous avez donc connu cette femme ?

— Oui, mais pas dans les conditions que vous paraissez croire. J'ai connu cette femme enfant ; j'ai vu le progrès de la corruption désorganiser peu à peu cette nature remplie de sentiment et de grâce naïve ; je connais le secret de cette corruption, voilà pourquoi je m'intéressais à cette femme et que je la plaignais.

— Tenez, dis-je à Henri, cette histoire n'est pas

6.

très-gaie ; mais, si vous le voulez, je vais vous la conter. Vous verrez d'où cette femme est partie pour arriver à ce résultat funeste d'une mort triste et prématurée, après avoir descendu un à un les échelons du monde moral, pour se plonger dans la fange du vice le plus triste peut-être, parce qu'il s'abrite sous des lambris dorés.

— Vous m'intéressez, répondit Henri. Parlez, je vous écoute.

Puis il s'étendit sur le divan qui orne, d'une façon quasi-orientale, mon petit salon, alluma un autre cigare et attendit.

Je commençai :

A l'une des extrémités nord-ouest de Paris, entre les barrières Clichy et Monceaux, si vous voulez sortir de la ville il faut traverser de vastes terrains sur l'emplacement desquels on édifiera peut-être, dans un temps donné, un quartier brillant et peuplé, mais qui, pour l'instant, se réduit à des rues sans maisons, ou à quelques maisons sans habitants. Quand viendra le jour où l'entrepreneur s'emparant de ces espaces vides, y conduira ses ouvriers et y amoncèlera pierre sur pierre, certes, elle sera grande la désolation des paisibles citadins des rues circonvoisines, habitués qu'ils sont, depuis une quin-

zaine d'années, à considérer ces propriétés comme
leur appartenant : ce sont les jardins anglais, où ils
vont les soirs d'été respirer un air plus frais que
celui qui circule dans les rues, et ils ont déjà
poussé de lamentables plaintes, les pauvres gens,
quand par amour de la propriété, quelques-uns
des vrais possesseurs ont fait entourer de murs ce
qui leur appartenait, et en ont ainsi interdit l'approche. En attendant, les promeneurs du soir se
sont repliés sur les espaces vides encore qui s'éten-
dent, comme nous le disions tout à l'heure, depuis
la barrière Clichy jusqu'à celle Monceaux ; et sem-
blables à ces phalènes que l'on ne voit qu'à la
brune, ils viennent les envahir par groupes plus ou
moins nombreux.

La plaine Monceaux est propre surtout aux promenades à deux. Dans sa demi-obscurité on est disposé aux douces rêveries, l'expansion est d'autant
plus possible qu'elle n'offre aucun danger, car on
ne peut jamais s'écarter si complétement que de
temps à autre on ne rencontre un nouveau couple
qui, par sa présence, ramène les esprits écartés au
sentiment de la réalité. La morale est là qui veille
avec la société.

Laissons, bras dessus, bras dessous, se promener et

divaguer les amoureux, ils se retrouveront toujours ;
et comme il n'y a pas que des amoureux, hélas !
voyons un peu ce que font les autres. Çà et là les
mamans discutent entre elles sur les événements de
la journée ; les papas fument leurs pipes ou échan-
gent cordialement une prise de tabac ; celui-ci pro-
mène son chien ; cet autre préfère la position horizontale, et, comme Jean-Jacques Rousseau, regarde,
étendu sur le dos, circuler lentement les nuages,
se lever et scintiller les étoiles.

Mais, entendez-vous là bas ce bruit plus élevé
que partout ailleurs ? Oh ! ne craignez rien, ce n'est
ni une émeute, ni même une dispute. C'est tout
simplement une exclamation d'approbation ou de
désapprobation, poussée sur une gamme un peu
haute par des joueurs de quilles qui se *délassent* avec
ce jeu innocent des rudes travaux du jour.

Voulez-vous savoir en quoi consiste le singulier
délassement de ces braves industriels ? ils sont tous
Auvergnats, charbonniers, porteurs d'eau ou com-
missionnaires. Travailleurs laborieux, ils ont péniblement employé leur journée à monter depuis le
premier étage jusqu'au sixième, celui-ci du charbon
ou du bois ; celui-là deux lourds seaux d'eau, ou
bien encore des charges à faire ployer les reins

d'un cheval; ce métier a duré douze heures; ils doivent avoir grand besoin d'un repos réparateur de leurs forces, n'est-ce pas? mais il faut bien qu'ils se délassent un peu. — Approchons-nous. Là! nous y voici. — Prenons garde, cependant, car voilà un projectile d'un nouveau genre qui, lancé par une main vigoureuse, ne laisserait pas, si l'on n'y prenait garde, d'endommager les tibias des promeneurs qui se fourvoient imprudemment parmi ces joueurs athlétiques, et sont reçus, c'est le cas de le dire, comme des ..... intrus dans un jeu de quilles. Car, si l'Auvergnat possède, à juste titre, une réputation d'honnêteté et de probité proverbiales, je ne sache pas que, dans la forme au moins, la politesse, surtout quand il est au jeu, soit son plus grand défaut. Cette boule qui vient de passer avec rapidité près de vous, et qui s'est arrêtée rebondissante contre un mamelon, prenez-la et appréciez son poids; elle pèse bien trente livres, n'est-ce pas? s'il fallait que vous vous en servissiez seulement pendant une demi-heure, admettant toutefois que vous fussiez d'une force au-dessus de l'ordinaire, il semblerait que vos bras vont se détacher du tronc, et vous abandonneriez bien vite un jeu qui ressemble par trop à l'un des travaux du grand Hercule. Eh bien, pour ces bons fils du Cantal et du Mont-d'Or, c'est un jouet aussi léger dans leurs mains calleuses que, dans celles d'un jeune enfant, le ballon gonflé d'air qu'il fait rouler dans les allées des Tuileries.

Ils arrivent là dès huit heures du soir, et ne s'en iront que vaincus par la fatigue et le sommeil, c'est-à-dire vers minuit; quelquefois ils y sont encore à deux heures du matin, selon que la lune brille d'un éclat plus ou moins argenté.

Ils continueront cet exercice pendant tout l'été, et regretteront que le mauvais temps soit venu les interrompre.

Mais aussi ils *che cheront bien délâchés.*

Singulière antithèse : s'ils étaient forcés de faire un pareil métier pour vivre, il se plaindraient amèrement; c'est un jeu, ils n'en ont jamais assez.

Pauvre plaine Monceaux! chaque année plus étroite, chaque semaine plus aride, chaque jour plus flétrie, que de joies elle a vues passer, que de douces espérances elle a vues naître, croître et mourir! c'est à la fois le chemin des bals champêtres, centre des désirs turbulents et des aspirations bruyantes des jeunes gens, et du cimetière Montmartre, grand point de centre du cercle vicieux dans lequel le monde tourne incessamment, et dont il ne peut

sortir que par cette seule porte, la porte de l'éter-
nité.

La plaine Monceaux est à la fois la route de l'éclat
de rire et du sanglot.

Maintenant, du reste, elle est loin d'être aussi
animée qu'il y a quelques années. Ses habitués eux
aussi ont vieilli, et soit que la jeunesse d'à présent
ait plus de gravité qu'alors, soit peut-être que son
charme qui va s'en allant chaque jour avec chaque
nouvelle pelletée de gazon, que lui enlève quelque
amateur de jardin aérien, n'ait plus d'attrait suffi-
sant, toujours est-il qu'on n'y voit plus les irrup-
tions folâtres qui l'égayaient autrefois, et en faisaient le rendez-vous général des quartiers avoi-
sinants.

La plaine Monceaux a été le théâtre de ces
luttes de quartier à quartier, qu'on ne considérait
d'abord que comme jeux d'enfants, et dont la police,
assistée de la force armée, a été obligée de se mêler
à la fin; car ces attroupements de gamins avaient
dégénéré en véritables batailles, sans but, et dont
les causes inconnues étaient peut-être une toupie
volée, mais qui ont quelquefois plongé dans le deuil
d'honnêtes familles d'artisans, dont l'enfant, sorti
plein de vie et de santé de la maison paternelle, était

rapporté la tête brisée par un caillou. Ces jeunes
guerroyeurs en étaient arrivés à se faire une véri-
table guerre avec ses lois, sa tactique, ses recon-
naissances, ses fortifications et ses approvisionne-
ments de projectiles. Les armes en bataille rangée
étaient la fronde, ou simplement la pierre, et dans
la mêlée, on frappait force coups de poings ou on
s'assommait avec de lourds bâtons, le tout fort'éner-
giquement de part et d'autre.

La guerre entre les Navarins, — on appelait ainsi
ceux qui habitaient l'espace compris depuis la rue
du Rocher jusqu'à la rue de Clichy, — et les Polo-
nais, — ceux-là c'étaient les indigènes du quartier de
la place de Laborde, — dura longtemps et finit petit
à petit ; mais ce calme apparent était néanmoins
quelquefois troublé par la rencontre partielle de deux
individus de camps opposés qui vidaient en combat singulier la grande querelle de parti que n'a-
vaient pu éteindre ni les contusions reçues mutuel-
lement, ni les corrections administrées paternelle-
ment par des mains rocailleuses, quand on rentrait
ensanglanté et les vêtements en lambeaux ; ni même
la crainte de la prison, dont on fut pourtant obligé
de se servir envers quelques chefs plus récalcitrants
que les autres, et qui n'avaient pas voulu accep-

ter d'intervention, de quelque part qu'elle vînt, vînt-elle même de l'autorité.

Mais le temps calma ces animosités, et la plaine fut rendue aux pacifiques promeneurs qui, nous le disons, étaient nombreux à cette époque. On ne s'y battait plus, on y chantait; et, ma foi, j'ai vu de ces concerts en plein vent, attirer nombre d'auditeurs qui ne venaient pas seulement se grouper autour des chanteurs par désœuvrement, mais qui choisissaient leurs places; parce que, parmi ces voix sans méthode, il est vrai, il y avait des organes frais et vigoureux qui plaisaient par la façon énergique dont ils lançaient à pleine poitrine les refrains populaires qui chatouillent plus agréablement le tympan du commun des martyrs que les savantes fioritures et les gammes chromatiques hors de leur portée; ou bien encore, une voix moins sonore, mais plus suave, faisait entendre la cadence de quelque romance amoureuse, dont les salons ne voulaient déjà plus, mais que l'orgue des rues n'avait pas encore eu la barbarie, — qu'on nous pardonne ce jeu de mots, il n'était pas dans notre intention; mais nous le maintenons, parce qu'il rend notre idée, — de déchirer les oreilles à chaque carrefour. Ceux moins heureusement doués, qui ne pouvaient attaquer le

7

solo, se contentaient de faire leur partie dans les chœurs; de cette façon, chacun avait sa part du succès obtenu.

Ce fut là l'objet d'une lutte nouvelle, mais lutte toute d'émulation, celle-là, et pour laquelle on n'avait besoin ni de fronde, ni de bâtons, ni de projectiles; l'amour-propre était en jeu, on voulait mettre un certain ordre dans ces chants du soir sans penser que le charme qu'on y rencontrait allait s'évanouir en leur retirant ce qu'ils avaient de pittoresque dans leur naïve ignorance des principes de la musique. — Donnez une méthode au chant du rossignol et il sera absurde.

En effet, on recruta je ne sais où, ni comment, deux ou trois jeunes gens qui sortaient vraisemblablement d'un cours d'harmonie où les enseigneurs n'en savent guère plus que les enseignés; les nouveaux venus se chargèrent de l'organisation des chants et des répétitions préalables. Dès lors tout fut perdu. Les uns se crurent appelés à des succès réels sur un autre terrain; les mieux avisés se retirèrent; la société fut dissoute, et les chants s'éteignirent.

Eh bien, c'est à cette place, c'est dans cette plaine que j'ai vu presque enfant venir se promener, chastement appuyée au bras de son vieux père, une jeune personne, appelée par son éducation et son entourage à devenir une bonne mère de famille, mais dont les folies dévergondées ont fait une célébrité sous le nom tant de fois répété par les échos des coulisses et des restaurants à la mode, de la marquise Félibia.

C'était une belle soirée que celle-là. Après une chaude journée du mois de juin, la brise du soir avait rafraîchi l'atmosphère, il faisait bon respirer cet air, et l'on cherchait à s'en imprégner par tous les pores ; les étoiles scintillaient dans un ciel rendu plus profond encore à son zénith par l'absence de la lune, qui cachait son disque blanc derrière les grands monuments de Paris, plongé dans une obscurité déchirée çà et là par la réverbération de l'éclairage des grandes voies de communication.

Aussi y avait-il du monde dans la plaine, et un monde qui se sentait vivre et semblait heureux de vivre ; car, lorsqu'il fait beau ciel, qu'on aperçoit la verdure des arbres, et qu'on devine la nature pleine de sève et de vigueur, on se prend à aimer l'existence. C'est ce qui arrive à la campagne, et alors, la plaine Monceaux, c'était presque la campagne.

Trois jeunes gens se dirigeaient côte à côte ce soir-

là, longeant la rue de Londres, qui conduit au magnifique square qui a depuis été construit au rond-
point de la place de l'Europe, et parmi les arbres
duquel s'épanouit une de ces légères constructions
enlevées aux sites pittoresques de la Suisse, un châlet propre et gai, reluisant au soleil sous sa couche
de vernis, et semblable à une de ces maisonnettes
de bois tirées d'un magasin de jouets à vingt-cinq
sous.

A cette époque, ce charmant square n'était encore
qu'une simple place circulaire, centre d'où divergeaient les différentes lignes de communication qui
s'éparpillent dans toutes les directions.

Les trois jeunes gens appuyèrent à droite et se
trouvèrent bientôt en pleine terre, se parlant à voix
basse, comme pour n'être pas entendus de deux personnes qu'ils semblaient suivre, tant leur pas se modelait sur celui de leurs voisins.

Ils s'écartèrent un peu de la foule agglomérée,
s'arrêtèrent en même temps qu'ils virent s'arrêter
les deux personnes qui les précédaient, et qui, paraissant avoir choisi leur lieu de halte, s'étaient sans
façon assises sur le tertre, au beau milieu d'une
touffe de gazon, qui leur faisait un moelleux tapis
de sa verdure.

C'étaient le père et la fille ; car la jeune personne dit au vieillard avant de le laisser asseoir :

— Prends garde, père, l'herbe est peut-être mouillée, et il ne faut pas t'enrhumer.

Alors elle détacha un foulard noué autour de son cou, et se disposait à l'étendre par terre, à l'endroit où le vieillard allait prendre place,

— C'est inutile, mon enfant, répondit celui-ci. La journée a été chaude ; il n'y a pas longtemps que le soleil est couché ; la rosée n'a pas encore eu le temps de rendre la terre humide ; et puis, j'en ai bien vu d'autres, ma foi. En Russie, nous n'avions pas de gazon vert pour nos haltes ; c'était sur la neige qu'il fallait nous reposer, un autre gazon bien autrement froid et humide que celui-là, fût-il mouillé par les cent mille pompes de Satan. Mille cartouches ! je m'en rappellerai de cette campagne-là ! Non, garde plutôt ton foulard sur ton cou ; la fraîcheur du soir pourrait t'être plus nuisible qu'à moi.

Et le vieillard, s'asseyant par terre auprès de sa fille déjà installée, tira de sa poche une pipe qu'il nettoya avec soin, bourra méthodiquement, et, prenant une allumette dans une boîte que tout bon et brave fumeur doit toujours porter avec soi, il en fit jaillir une étincelle qui éclaira l'espace autour de lui, alluma tranquillement sa pipe, et la fuma avec béatitude.

La lueur fugitive de l'allumette, en prenant feu, aurait pu faire apercevoir, à quelques pas plus loin, nos trois jeunes gens aussi couchés par terre, et en position de pouvoir entendre ce qui se disait à côté d'eux.

La jeune fille les vit parfaitement, et n'en parut nullement inquiétée, quoiqu'elle portât souvent ses yeux du côté où leur groupe se fondait dans l'ombre. On eut dit au contraire qu'elle voulait s'assurer, par ce regard, que la place était toujours occupée, ou bien encore on l'aurait pris, ce regard, pour un muet questionneur attendant une réponse.

— Ah çà ! dit l'un des trois amis, pourrais-tu bien nous dire, mon cher Camille, ce que tu as dans la tête pour nous imposer cette posture asiatique dans cet endroit où l'on est fort mal ! Le terrain a des gibbosités à vous rompre les reins pour peu qu'on reste encore un quart d'heure dans cette position ; c'est absurde.

— Tais-toi, malheureux ; tu ne sais pas qu'elle est charmante ! Regarde-la donc, seulement.

— Charmante ! c'est toi que je trouve charmant. Regarde-la donc ! il fait noir comme dans un four.

Et encore, lors même qu'elle serait charmante, peu
m'importe, à moi? Je suppose que tu ne m'as pas
amené ici pour que je devienne amoureux de ta bergère.

— Non, mon cher Edmond ; mais seulement pour
que je puisse venir m'asseoir près d'elle sans éveiller
les soupçons du père ; tu conçois bien qu'à trois, cela
a l'air tout naturel.

— C'est ça, tu es le chasseur, et nous, nous ra-
battons le gibier. Je te dis que tu nous fais jouer un
rôle stupide ; n'es-tu pas de mon avis, Édouard ?

Et Edmond, se tournant du côté de celui qu'il
interpellait ainsi, attendit une réponse qu'il n'obtint
pas ; une espèce de ronflement répondit seul à sa
question.

— Tiens, voilà cette brute qui dort comme une
toupie d'Allemagne. — As-tu au moins des cigares ?

Camille, sans répondre, tant il était attentionné
à ses deux voisins, ou, pour dire plus vrai, à sa voisine, lui donna un paquet de tabac et du papier à
cigarette.

— Bon ! Qu'est-ce que tu veux que je fasse de
cela ? Fumer du papier, et du maryland encore ! Le
diable m'emporte, je vais aller emprunter au vieux
de la vieille sa pipe et du caporal.

— Voyons, Edmond, pas de bêtises, hein !

— Eh ! non, je vais tout simplement lui demander du feu ; cela se fait entre fumeurs.

Et le jeune homme se levant, alla allumer sa cigarette à la pipe de son voisin.

Il revint s'asseoir près de son ami.

— Eh bien ! l'as-tu vue ? lui demanda celui-ci.

— A peine ; mais elle m'a semblé assez bien tournée. Ah çà ! où en es-tu de tes amours ?

— Mon cher, je ne suis pas fort avancé. C'est difficile en diable de parler à cette jeune fille.

— Mais tu lui as parlé, cependant ?

— Oui, mais à la passade, quand elle descend de son magasin ; car le père l'amène tous les matins et vient la chercher tous les soirs.

— Crois-tu qu'elle ait quelque chose pour toi ?

— Mais, je pense que je ne lui suis pas indifférent.

— Eh bien ! alors.

— Mais, mon cher, le père la garde et la surveille comme une vraie toison d'or.

— Eh bien ! gagne le père.

— J'aime mieux gagner la fille.

— Elle ne sort donc jamais ? Elle ne va donc jamais au bal, cette jeune grisette ?

— Non.

— Qu'elle tourmente son père. Dans l'été, il y a les bals champêtres, et tout le monde y va, dans les bals champêtres.

— C'est ce qu'elle doit faire.

— Si elle parvient à s'y faire conduire, préviens-moi, j'irai avec toi ; je trouverai bien le moyen de causer avec le vieux grognard. Ce n'est pas bien difficile. Je lui parlerai de l'empereur et de la campagne de Russie. Une fois amis intimes, tu feras ta cour à ton aise.

— Oh ! mon cher Edmond, si tu fais cela !

— Parbleu ! si je le ferai. — A charge de revanche !

Celui qui parlait ainsi était un jeune homme de vingt-quatre à vingt-cinq ans, à la mine éveillée, aux façons lestes, tenant le milieu entre le commis voyageur et l'homme de bon ton. On sentait que dans une certaine société il saurait tenir sa place d'une manière convenable, mais que, si on lui lâchait la bride, il pourrait aller jusqu'aux dernières excentricités du genre commun.

En somme c'était un excellent garçon, incapable de commettre sciemment une lâcheté ni une mauvaise action.

Ainsi il ne se doutait pas que la proposition qu'il faisait à son ami de l'aider dans ses projets de séduction pouvait avoir des suites déplorables; non, il voyait tout simplement un service à rendre, un caprice de jeune homme à satisfaire, et l'étourdi considérait la chose comme toute naturelle.

Et pourtant, quand une jeune fille, sous la protection de ses parents, est remarquée, poursuivie par un jeune homme, quand cette jeune fille est gardée par l'inquiète circonspection d'un père ou d'une mère, c'est moins au séducteur de fait qu'il faut s'en prendre de la chute de l'ange, qu'à son complice, qui l'a aidé dans son œuvre démoralisatrice.

Pères et mères prudents qui tenez à vos filles et à leur vertu, méfiez-vous des jeunes gens qui leur diront de douces paroles bien bas à l'oreille et hors de vous; mais ayez surtout l'œil sur les amis de ces jeunes don Juans. C'est là le vrai danger, c'est là la pierre d'achoppement contre laquelle leur vertu chancelante viendra culbuter pour ne plus se relever que froissée et meurtrie.

Méfiez-vous de l'ami du galant de vos filles.

Car tous les moyens pour vous circonvenir, ils les emploieront, ils vous entoureront de ces mille petits soins qui plaisent tant aux vieilles gens, ils revêtiront cette robe de Tartuffe, au moyen de laquelle ils s'introduiront dans votre esprit pour l'aveugler,

dans votre famille pour y jeter le trouble ; ils flatte-
ront vos manies, enfourcheront votre dada favori, et
vous les trouverez charmants ; ils feront en un mot
auprès de vous ce que l'ami qui fait la cour à votre
fille n'a pas le temps de faire ; ils lui prêteront au
besoin leur chambre, et, un beau jour, vos yeux des-
sillés verront clair dans la vérité, mais alors il sera
trop tard, de cinq minutes peut-être ; mais en faut-
il plus ?

Quand on fait une chasse en battue, quel est le
plus coupable de la destruction du gibier, de celui
qui le tue ou de celui qui le rabat sur le chasseur ?

Telle est la question.

Je vous le dis en vérité, si vous avez des filles,
méfiez-vous de l'ami du jeune homme que vous in-
troduirez *at home*.

C'est précisément contre un écueil semblable que
vinrent se briser toutes les impossibilités qui parais-
saient devoir garantir la pauvre enfant de cette chute
terrible d'où on se relève très-rarement.

Mais je m'aperçois qu'au lieu de procéder comme
les romanciers, qui cherchent à intéresser peu à peu
leur lecteur, jusqu'à ce qu'ils l'amènent par degrés
à des péripéties émouvantes qui terminent leur roman par le coup de foudre de l'inattendu, je com-

mence tout juste par la fin; c'est une grave erreur
dont je me confesse, erreur, équivalent d'une dé-
faite à l'égard de mon professeur de rhétorique.
Ceci a du reste un avantage : je ne suis point un ro-
mancier, mais tout simplement un conteur; je veux
dire que mes contes ne sont point nés de mon imagination, mais sont tout simplement une réalité.

Sur ce, je vous demande pardon de la digression,
et reprends mon récit; je tâcherai de le mieux coor-
donner, mais pourtant je ne le promets pas.

Je disais, je crois, que la jeune personne, son père
et les trois jeunes gens étaient installés en deux
groupes rapprochés, dans la plaine Monceaux, et
qu'Edmond promettait à son ami de l'aider des ressources de son intelligence, à la manière de Figaro,
pour que celui-ci arrivât plus aisément à ses fins.

Ceci convenu et arrêté entre les deux jeunes gens,
je dirai tout de suite, — cette station en plein air ne
nous conduisant à rien, — qu'après être restés encore
quelques instants dans la même situation, et voyant
d'ailleurs le vieillard et la jeune fille se disposer à
la retraite, Edmond et Camille en firent autant,
après avoir toutefois rudement secoué Édouard le
dormeur, qui parut fort mécontent de ce réveil in-
tempestif; et ils rentrèrent chacun chez soi.

Ici je me vois encore forcé de faire une halte. Il
me paraît indispensable de décrire le portrait de mes
deux héros. Pourtant je ne connais rien de plus oi-
seux qu'un portrait narré; ils se ressemblent tous,
un peu plus bruns, un peu moins blonds, les yeux
plus noirs ou plus petits, plus grands ou moins bleus;
c'est toujours la même chose. Mais cependant il faut
les faire ces deux portraits, et voilà que je ne sais
par lequel commencer.

Ah bah! je vais commencer par celui de la femme.
Aussi bien ce sera le plus facile, puisque vous l'avez
connue. Seulement quelques détails seront adoucis.
Je rendrai leur pureté primitive à quelques lignes de
ce visage fatigué par les souffrances; je raffermirai
quelques chairs un peu distendues par l'abus de sacrifices nocturnes de tous genres, et vous saurez ce
qu'était à dix-sept ans la marquise Félibia, alors
qu'elle s'appelait tout simplement Amélie, la fille
du vieux soldat retraité.

Vous vous la rappelez, n'est-ce pas? Elle était
grande, élancée, la taille svelte et bien prise, mais
les épaules un peu rentrées. Vous vous ressouvenez
de cette belle tête pâlie, aux beaux cheveux blonds
cendrés, quoique sans profusion, encadrant de leurs
longues anglaises un ovale pur, au milieu duquel se

fendaient deux longues paupières abritant sous leurs
cils bruns deux yeux noirs, d'une douceur infi-
nie ; car, à l'époque dont je vous parle, ils n'a-
vaient pas encore cette expression libre et presque
effrontée que vous leur avez connue ; conséquence
triste, mais forcée, d'une vie trop libre ; ils n'étaient
pas non plus entourés de ce cercle bistré, à peine
dissimulé sous la couche de blanc dont elle se cou-
vrait la figure, bien moins pour plaire aux autres
que pour ne pas s'effrayer elle-même ; car, en se
regardant au miroir le matin, après une nuit d'in-
somnie, elle se faisait peur, et, pour s'illusionner
sur ces ravages chaque jour plus terribles, elle appelait à son secours les ressources factices de l'art
pour se composer une fraîcheur que la nature ne
pouvait déjà plus lui rendre. Ajoutez à cela un
nez bien dessiné, une jolie bouche tranquille et souriant de ses trente-deux dents d'une blancheur
transparente ; retirez à ce tout une dizaine d'années
de cette vie qui aspire l'air ainsi que le ferait une
machine pneumatique, et tue, parce qu'elle fait le
vide autour d'elle, et, je le répète, vous aurez à dix-
sept ans la marquise Félibia.

Laissons-la rentrer, accompagnée de son vieux
père, au logis qui avait abrité ses jeunes ans, plein

encore des souvenirs de son enfance, et revenons à celui qui remplissait peut-être de sa pensée ce sanctuaire dont jusqu'alors rien, pas même un rêve, n'avait souillé la pureté virginale.

Encore un portrait, cela ne m'amuse guère. J'ai pourtant autrefois passé un an ou deux dans l'atelier d'un artiste qui, précisément, peignait le *facies* des bons bourgeois voulant se faire *tirer* en habit de garde national pour orner leur salon, et je devrais bien avoir un peu profité des leçons de mon maître, qui faisait admirablement la ressemblance.

Mais point.

Je n'ai jamais pu réussir que le portrait des gens qui avaient une défectuosité dans la face, parce que je me rattrape sur l'exagération ; les gens louches, par exemple, je les réussis à merveille. Oh ! les gens louches, c'est mon affaire ! J'aimerais mieux les faire loucher des deux yeux que de ne pas les faire loucher du tout. Il m'est arrivé un jour, c'était en province, de faire le portrait d'un homme atteint de strabisme ; c'était un teinturier. Il faut vous dire qu'en province, on ne se doute pas qu'il faut *poser* pour être *pourtraicturé.* Mon teinturier, persuadé que je n'avais pas autrement besoin de lui, faisait tout bonnement cuire ses ingrédients tinctu-

raux pendant que je travaillais. J'en pris mon parti.
Il louchait horriblement d'un œil. J'étais sûr que,
par un point au moins, j'arriverais à la ressemblance.
Je termine le portrait et j'en appelle au public ; tout
le monde est émerveillé.

— Regarde donc, Jean-Louis, comme c'est ben la
blouse tachée de rouge.

— Oh ! et ses mains, ous qu'i a encore le bleu de
la teinture.

— Et sa casquette, hein ! C'est y ben ça, tout
d'même.

Le teinturier était enchanté, et mon amour-propre
se trouvait assez flatté de tous ces éloges.

Un autre reprit :

— Oui, mais y faut encore écrire son nom au bas ;
comment qu'on saurait que c'est lui ?

Cette observation me satisfit un peu moins que les
autres ; les bonnes gens n'avaient nullement fait attention à la figure.

— Mais regardez donc la tête, hasardai-je.

— Oui, oui, dit l'un des assistants, qui jusqu'a-
lors s'était tenu dans le silence, oui, c'est assez ça ;
mais pourquoi donc qu'vous y avez fait son œil de
coin, à gauche ?

Je restai abasourdi, je m'étais trompé de côté ; il louchait à droite, et je l'avais fait loucher à gauche.

A cela près, le portrait fut trouvé charmant.

Je n'avais pas voulu écrire le nom de l'original au bas de la copie. Deux ans plus tard, passant par le même endroit, j'entrai chez mon teinturier, le portrait était toujours à sa place ; mais, en anglaise d'un demi-pouce, il avait écrit son nom sur le cadre.

Eh! mais, au fait, j'y songe, pourquoi ferais-je le portrait de mon jeune homme? cela ne me paraît pas d'une absolue nécessité.

Il avait vingt ans, représentez-vous-le comme vous voudrez, cependant de taille moyenne, physionomie insignifiante, relevée seulement par une petite moustache noire bien fournie, bien plantée, fait, du reste, comme tout le monde, avec cette particularité dans les jambes, que chaque tibia irradiant l'un à droite et l'autre à gauche, un adroit tireur eût pu tuer un lièvre entre ses mollets s'il s'était tenu ferme et dans la position du soldat sous les armes. En somme, rien de remarquable au physique. Quant au moral, il était entièrement nul. Pourvu d'une dose d'assurance et de fatuité qui lui donnait de l'aplomb, il pouvait éblouir autour de lui pour un

moment, surtout les jeunes gens moins âgés que lui;
mais on s'apercevait bien vite du creux de cet esprit
peu solide, se composant exclusivement de redites,
de choses entendues à droite et à gauche, œuvre de
la mémoire qui retient les mots heureux et trouve
moyen de les enchâsser, à un moment donné, dans
une réplique soigneusement attendue, et de faire
ainsi un plagiat qui passe facilement pour de l'esprit parmi les intelligences médiocres; en cela, du
reste, ressemblant à beaucoup de personnes dont
tout le mérite réside à s'affubler de la défroque des
autres, à ramasser les miettes de leur esprit, et
à s'en composer un festin pour leurs appétits, inhabiles à se satisfaire d'eux-mêmes; c'est l'esprit des
impuissants!

Pourtant, nous ne voulons pas dire que ce jeune
homme fût doué d'une mauvaise nature, dans l'acception radicale du mot; mais c'était une nature
faussée, gâtée par une affection maternelle qui s'a-
veuglait sur les qualités et la valeur réelle d'un enfant trop choyé, dont tous les caprices avaient été
satisfaits avant même d'avoir été manifestés, dont
les exigences de jeune homme étaient devenues des
ordres pour une famille qui l'idolâtrait et voyait en
lui un oracle qui ne pouvait faillir.

Pour sa mère, Camille était le plus beau garçon du quartier.

Il avait plus d'esprit que tous les autres.

Tout ce qu'il disait était bien.

Tout ce qu'il faisait était superbe.

Comment, après cela, voulez-vous qu'il ne se crût pas un être à part?

Comment voulez-vous qu'il pensât quelque chose d'impossible à sa volonté, quelque chose qui ne fût pas permis à son désir?

Ses parents étaient d'honnêtes bourgeois, qui devaient à un labeur de chaque jour la demi-aisance dans laquelle ils se trouvaient; cependant, comme ils n'avaient pas la moindre fortune, après avoir fait donner à leur fils l'éducation première, ils avaient jugé prudent de lui mettre un métier dans les mains; ils lui firent donc apprendre celui de tapissier, dans lequel il était devenu très-habile, et qui lui rapportait cinq ou six francs par jour.

Mais, en raison de l'ascendant qu'il exerçait sur sa mère, humilié de n'être qu'un simple ouvrier gagnant honorablement sa vie, rougissant, en quelque sorte, de cette position, qu'il appelait infime, et qui est tout bonnement la plus enviable de toutes les positions secondaires, en ce qu'elle donne la liberté avec la satisfaction de soi, il avait résolu de jeter de côté les outils d'un travail, gagne-pain de son homme, pour tenter les chances aventureuses d'une vocation artistique, décevant mirage qui présente sans relâ- che au voyageur du désert la source claire d'une fontaine qu'ombragent les palmiers, et laisse mou- rir de faim, accablés par la déception, ceux qui se laissent séduire par ce prisme, effet d'une imagina- tion qui s'égare.

La vie de bohême n'existe pas; c'est la mort; ou, tout au moins, à quelques rares exceptions près, la destruction des nobles instincts et des bons sentiments.

Camille voulait se déclasser.

C'est là une triste erreur, commune de nos jours à bien des jeunes gens, et qui tend à prendre des proportions effrayantes. Personne aujourd'hui ne veut plus faire le métier de son père.

Il n'est pas un fils de bottier ou de tailleur qui consente volontiers et sans arrière-pensée à chausser les pratiques paternelles, s'il est cordonnier, ou à leur prendre mesure d'un habit, s'il est tailleur. J'ai connu un jeune homme qui, né dans une boutique d'épicier, n'a jamais voulu, étant seul au comptoir, servir une chandelle à un client, sous prétexte que

ce devoir lui salirait les mains et leur communi-
querait une mauvaise odeur.

Les parents, il faut bien le dire, aident à déve-
lopper ces causes morbifiques de l'organisation so-
ciale. En effet, marchands de pommes de terre frites,
ils font aller leurs enfants au collége, leur font apprendre le latin, le grec, et *tutti quanti*, puis, leur
éducation finie, ils veulent ceindre leur taille du
blanc tablier de l'artiste culinaire et remettre entre
leurs mains la poêle à frire. Il est évident que l'instinct acquis se révoltera contre la nécessité ; de là,
lutte entre la réalité et le rêve ; et telle bonne boutique bien achalandée se trouvera close un beau
jour, parce qu'au lieu d'avoir été conduite par un
homme du métier, on aura mis à sa tête un bache-
lier ès-lettres.

Camille en était là.

Il ne faisait plus que de rares apparitions à son
atelier, se détachant peu à peu de ses habitudes la-
borieuses, et passait son temps dans des ateliers de
peintres, où il était accueilli grâce à son père, qui
avait quelques connaissances parmi les artistes. Cependant ce n'était pas la peinture que le jeune homme
voulait cultiver, il possédait une assez jolie voix ; des
complimenteurs inhabiles lui avaient fourré dans la

tête qu'il avait une fortune dans les notes de son gosier ; son amour-propre le lui avait fait croire aisément, et, rêvant déjà les gloires de la scène et les applaudissements du parterre, il allait prendre des leçons de solfége au cours d'un ancien artiste d'un de nos théâtres lyriques, en attendant qu'il fût en état de débuter.

Il avait rencontré plusieurs fois Amélie, qui travaillait en journée dans un magasin de confection ; il l'avait remarquée, puis suivie, et comme précisément, dans la maison où elle allait, Camille avait un ami, il y passait régulièrement une heure ou deux chaque jour. Les deux appartements, c'est-à-dire celui où allait le jeune homme et l'atelier où travaillait Amélie, se trouvant placés vis-à-vis, Camille n'avait pas tardé à se mettre en évidence et à faire ses poses d'oiseau gazouilleur en quête d'amour tendre.

La femme étant douée d'un instinct qui la rend apte à percevoir dès le plus jeune âge toutes les choses de sentiment, sans pourtant s'en expliquer les causes, ni en comprendre le but, Amélie s'était bien vite aperçue des petits manéges de coquetterie masculine déployés par le jeune homme. Elle y prit plaisir, bref, ils échangèrent quelques mots, mais à

la hâte, et seulement durant les furtives absences
que la jeune fille faisait de son travail, pour aller,
comme on dit en termes d'aiguilles, *chercher deux
liards de ce dont elle n'avait pas besoin.*

Camille n'avait garde de laisser échapper ces rares
occasions, car le père qui accompagnait chaque matin sa fille, venait aussi chaque soir la chercher. Il
était donc difficile d'aller bien loin sous cette sur-
veillance active, et d'ailleurs les jeunes gens se
connaissaient depuis trop peu de temps pour que
déjà il y eût à regretter. Non, c'était tout simplement une voisine causant à un voisin, et rien de
plus jusqu'au moment où nous les avons vus dans la
plaine Monceaux.

Il y a précisément à l'autre bout de cette plaine
que je viens de vous faire parcourir tout à l'heure,
un petit jardin, charmant, ma foi, où l'on voit encore de grands arbres bien vigoureux, des char-
milles bien épaisses, d'une végétation forte et naturelle, ne ressemblant en rien à ces arbres d'un
douteux avenir, plantés pour les besoins de la cause,
et que l'on trouve dans une foule d'établissements
publics, s'intitulant vaniteusement bals champêtres,
sous prétexte de quelques boutures rachitiques
plantées dans un terrain ingrat, imitation appauvrie

et mesquine qui ne donnera jamais ni feuillage vert,
ni ombre épaisse.

Cet endroit, connu des amateurs de chorégraphie
à bon marché, sous le nom de Parc Monceaux, n'est
pourtant lui-même qu'une salle de danse ouvrant
ses portes à la folle et sautillante jeunesse dès que
les instruments de l'orchestre ont accordé leur chant
avec celui des petits oiseaux, qui, perchés sur les
ormes centenaires ou cachés dans les taillis feuillus,
fêtent par leur gazouillement joyeux le retour du
prodigue printemps, venant semer sur la terre les
émeraudes de ses feuilles, les diamants et les rubis
de ses fleurs, trésors dont l'été opère la gestation, et
que plus tard, l'hiver, sordide et frileux, viendra
lui dérober en se dissimulant traîtreusement sous
les neiges épaisses dont il couvre à dessein ces abon-
dantes richesses.

Ici, trois fois par semaine, durant les beaux jours,
le lundi, le jeudi et le dimanche, les jeunes gens du
quartier viennent prendre leurs ébats au grand air;
mères, filles, pères et fils, tous s'y donnent rendez-
vous; les uns, les plus jeunes, par besoin de plaisir,
les autres, par condescendance, et peut-être aussi
pour éveiller en eux les souvenirs de leur jeunesse
qu'ils voient tourbillonner dans un quadrille animé,

ou circuler lestement dans l'entraînement d'une valse capricieuse et folâtre.

Il arrive, par exemple, que la simple contredanse française ou la classique valse allemande se transforment en polkas, marzurkas ou schottischs, d'invention moderne et hongroise ; alors les bonnes gens n'y sont plus, hochent douloureusement la tête comme pour protester contre cet envahissement du progrès sur la routine ; mais dans ce cas ils ont la ressource de déboucher un flacon de piquette ou de bière fraîche. Car le prix d'entrée se confond dans une consommation facultative et proportionnelle.

C'est là que nous retrouvons nos personnages, aucun n'a manqué au rendez-vous : la jeune fille a arraché à son père la promesse de la conduire au bal champêtre, le père y a consenti, le jeune homme, aussitôt informé de cette heureuse circonstance, en a prévenu ses deux amis, Edmond et Édouard, lesquels répondant à l'appel qui leur était fait, sont venus apporter à leur camarade le concours de leur bonne volonté et de leur adresse.

Voilà ce qui avait été convenu :

Edmond, d'un esprit subtil, d'une nature entraînante, tâcherait de causer avec le père, l'endoctrinerait s'il le trouvait rétif à l'endroit de la danse, ce

8

qui permettrait à Camille de profiter auprès d'Amélie des courts instants qui lui seraient accordés.

Pour n'éveiller aucun soupçon dans l'esprit du vieillard, qui aurait pu s'étonner que ce fût toujours le même qui engageât sa fille, Édouard devait suppléer Camille dans les invitations; seulement, au lieu que ce fût à son profit, Camille viendrait le remplacer auprès d'Amélie, au moment où les quadrilles se formeraient.

Pour cette première soirée, du reste, il fallait que tout se passât le plus tranquillement du monde, afin que le vieillard ne refusât pas de revenir une autre fois.

Tout ce qui avait été prévu arriva.

Edmond, au bout de la soirée, serrait la main du vieux soldat, comme à un ami intime, et lui avait fait promettre qu'il le retrouverait à une des prochaines soirées, désireux qu'il était d'entendre la fin d'un récit intéressant sur une de ses batailles, où le vieux de la vieille, perdu entre le feu croisé de plusieurs batteries et de pas mal de petits verres, s'était déjà fait tuer au moins trois fois, sans avoir pu finir sa narration.

Effectivement il ramena sa fille, et bientôt, familiarisé avec les habitudes du lieu, et presque avec les habitués, il la laissa volontiers faire comme les autres et danser à son aise.

Mais les deux jeunes gens avaient, ma foi, bien autre chose à penser. Vous croyez peut-être qu'ils s'en allaient au milieu de la foule écervelée, sottement se placer vis-à-vis de deux indifférents, pour se livrer en mesure à ces gambades grotesques et fantastiques qui constituent la danse moderne; erreur, c'était un prétexte utile. Mais dites-moi, pour deux amoureux, jeunes, ardents, qui ont la tête et le cœur pleins de leur amour, ne valait-il pas mieux mille fois se séparer du tumulte assourdissant, et se renfermer dans le silence des allées sombres, où des bosquets plus sombres encore, et, marchant côte à côte, bien près l'un de l'autre, se dire à voix basse ces mots, toujours les mêmes que l'on répète incessamment, sans qu'ils cessent pour cela d'avoir un charme nouveau, notes éternelles d'une harmonieuse musique, dont le cœur est l'instrument, et qu'on nomme l'amour!

Ainsi faisaient-ils; et quand la jeune fille, ramenée à son père, dès que le quadrille venait de lancer à l'air sa dernière pirouette, et que le vieillard l'engageait à se modérer et à ne pas se laisser prendre froid, une vive rougeur empourprait le visage d'Amélie, en songeant que cette sollicitude si peu méritée était presque un ridicule qu'elle donnait à son père.

Bientôt ces entrevues ne suffirent plus à l'exigence de Camille, qui, à force de prières et d'instances, obtint de la jeune fille quelques promenades que celle-ci, après beaucoup d'hésitations cependant, finit par lui accorder. Sous divers prétextes, tantôt elle quittait son magasin et allait le rejoindre, ou bien son père, que la goutte faisait souffrir, ne pouvant la venir chercher lui-même, c'était Camille qui la reconduisait chez elle, en prenant toutefois le chemin le plus long et les rues les plus obscures.

C'est de cette façon que l'été se passa, puis l'automne : mais vint l'hiver, et le sol, détrempé par les premières pluies, n'était plus un terrain possible pour leurs rendez-vous, il fallait prendre un parti, mais comment faire? Jusqu'alors Amélie n'avait voulu fouler au bras de Camille d'autre parquet que le gazon touffu, elle n'avait voulu d'autres lambris que les arbres, d'autre toit que le ciel, d'autre foyer que les rayons du soleil; elle avait compris que l'espace était une sauvegarde, et l'immensité un abri. Comment la déterminer à risquer un nouveau pas dans cette voie qu'elle se reprochait intérieurement d'avoir suivie?

Ce n'était pas difficile : trop d'inexpérience pour connaître la portée du danger, trop de passion pour avoir la force d'y résister, l'entraînèrent, et le vertigieux prestige qu'exercent sur la femme les tendresses de l'homme qu'elle aime, la fit enfin succomber.

La saison mauvaise s'écoula ainsi dans un bonheur que rien n'avait encore troublé; pas un nuage ne ternissait la sérénité du front de cette vierge devenue femme, tant dans sa chute il y avait eu de candeur et même d'innocence.

Chaque soir, assis auprès d'un même foyer, dans une petite chambre, louée tout exprès, les deux amants passaient quelques heures dont, à leur avis, les minutes, comme pour conspirer contre leur bonheur, s'étaient transformées en secondes ; et la pendule tintait l'instant de la séparation toujours trop tôt au gré de leurs désirs.

Mais quand le printemps vint de nouveau refleurir la terre, on vit tout à coup la jeune fille s'assombrir, sa gaieté se changer en tristesse, son teint pâlir, sa figure se fatiguer : un mal inconnu semblait ravager cette frêle nature et menacer son existence.

Camille, réellement inquiet, pria un jour un de

8.

ses amis qui venait d'être reçu médecin, d'apporter à sa chère malade les secours de la science, de le rassurer sur ces symptômes dont il s'alarmait.

Le jeune docteur, après tous les préliminaires d'une consultation et tous les renseignements usités en pareil cas, se mit à sourire.

— Oh! cela ne sera rien.

— Vraiment! mais qu'y a-t-il à faire?

— Absolument rien, attendre. Vous avez, mes enfants, semé l'amour dans un terrain fertile, il a fécondé, c'est naturel; quand le fruit sera mûr il tombera de lui-même.

— Je ne vous comprends pas bien, monsieur, objecta la jeune fille.

— Vous ne me comprenez pas. Eh bien, pour parler plus clairement, vous êtes enceinte.

— Enceinte! Je suis enceinte! s'écria la jeune fille en se levant comme mue par un ressort! Mon Dieu! ajouta-t-elle en levant les bras au ciel, mon Dieu! ayez pitié de moi, je suis perdue!...

Elle s'affaissa sur elle-même et resta plongée dans un profond évanouissement.

— Peuh! fit le médecin en aidant son amant à la transporter sur le lit, vous auriez dû me dire, mon cher, qu'il y avait des ménagements à garder. Cette jeune fille a donc des parents?

— Oui, elle a son père, un vieux militaire de l'empire, qui serait capable de la tuer s'il venait jamais à apprendre ce fatal secret.

— Allons donc, on ne tue plus ses enfants par le temps où nous sommes.

— Oui, mais il la chasserait en la maudissant.

— Eh bien, il y a un moyen d'arranger tout cela ce me semble.

— Lequel?

— Cette jeune fille est-elle honnête?

— Parfaitement.

— Alors, dit le jeune médecin d'un ton grave, votre route est tracée, mon cher, vous avez des devoirs à remplir, j'espère que vous n'y faillirez pas.

Camille ne répondit rien.

Après avoir donné les premiers soins à la jeune fille, le docteur s'éloigna, en laissant différentes prescriptions.

Revenue à elle, Amélie éclata en sanglots et se couvrit le visage, en proie à une vive douleur.

— Voyons, ma chère Amélie, calme-toi, lui disait Camille en lui prenant les mains et en les couvrant de baisers.

— Ecoute, dit-elle tout à coup en séchant ses pleurs et en entourant de ses deux bras le cou de son amant, agenouillé au pied du lit. — Camille, je t'ai aimé, tu vois où mon amour m'a conduite. Ma vie désormais t'appartient, tu peux à ton gré me tuer ou me faire vivre. Dis-moi, ami, dis-moi que tu n'abandonneras pas la mère et son enfant.

— Oh ! que dis-tu là, ma bien-aimée ?

— Si tu m'aimes toujours je serai forte, je supporterai tout, oui, tout, même la malédiction de mon père. Oh ! continua-t-elle avec un mouvement d'épaules, quand je pense à mon père, je ne puis cependant m'empêcher de frémir.

— Console-toi, j'en parlerai à ma mère ; elle est bonne, elle comprendra ; tout peut encore se réparer.

C'est ainsi qu'il parvint à ramener au cœur de sa maîtresse la quiétude chassée par la funeste nouvelle.

Cependant, on le voit, Camille ne se compromettait pas trop, ses paroles étaient empreintes d'une ambiguïté qui eût fait tressaillir de doute un cœur moins naïf que celui de la jeune fille ; mais, pleine de confiance en son amant, elle ne songeait un seul instant à aucune arrière-pensée mauvaise de sa part, et elle reprit une force nouvelle, persuadée qu'il ne l'abandonnerait jamais.

Cette liaison n'avait pas laissé que d'être connue des parents du jeune homme; son père lui avait bien fait quelques remontrances, mais s'en était tenu au simple avertissement; sa mère n'avait eu d'autre sentiment qu'une sensation d'orgueil; elle était glorieuse des *conquêtes* de son fils, et ne s'était pas rendu compte qu'il pouvait y avoir un malheur sous ces plaisirs qu'elle ne considérait pas comme une immoralité. Pourtant lorsqu'elle apprit que, comme dit le poëte, « la ceinture de la jeune fille était devenue trop étroite et sa robe un peu courte, » et comme, en réalité, c'était une excellente femme, elle commença de s'inquiéter du sort de la malheureuse jeune fille. Sa famille était honorable; son fils le lui avait dit; elle résolut de sonder les sentiments personnels d'Amélie pour baser une détermination ultérieure.

Depuis longtemps, pour ne pas éveiller les soupçons ni donner prise aux commérages, Camille n'allait plus au-devant de sa maîtresse; les deux jeunes gens se rencontraient dans leur petite chambre, où le premier arrivé attendait le retardataire.

Un soir Amélie venait à peine de s'installer, quand

un léger coup frappé à la porte la fit tressaillir. En
effet personne n'entrait dans cette chambre, à l'ex-
ception d'Edmond, chose fort rare : en outre il n'é-
tait jamais venu seul. Qui donc pouvait venir? Elle
n'eut même pas le temps de répondre : la porte
s'ouvrit.

C'était une femme voilée.

— Qui êtes vous, madame? que voulez-vous? balbutia la jeune fille, toute interdite.

— Rassurez-vous, mon enfant, dit cette femme en
s'approchant d'Amélie; c'est une amie qui vient vous
voir. — Je suis la mère de Camille.

Le visage d'Amélie se couvrit d'une vive rougeur
et sa langue ne put articuler aucune parole.

— Ne craignez rien, vous dis-je. Allons, asseyez-
vous là, je veux causer avec vous. Vous aimez mon
fils, mon fils vous a dit qu'il vous aimait; vous avez
peut-être été un peu vite en besogne, mais, ajouta-
t-elle en jetant un regard sur la taille un peu
épaissie de la jeune fille, je sais que vous avez
de bons sentiments, et vous aiderai de tout mon
cœur à réparer cette faute. Je crois qu'il faut cacher
cela soigneusement à votre père, dont la fureur
pourrait peut-être tout gâter; car il ignore tout, n'est-
ce pas?

Il est facile de se faire une idée du trouble et de l'embarras d'Amélie pendant que la mère de Camille lui parlait ainsi.

— Oh! madame, dit-elle enfin en se cachant la figure dans ses deux mains, ne me parlez pas de mon père.

— Il ne soupçonne rien. Eh bien, nous ferons en sorte qu'il ne l'apprenne pas. Il faut aller à la campagne. — Oui, je comprends, votre père n'y consentira pas; j'irai le voir, j'occupe moi-même des ouvrières, je lui ferai comprendre qu'il est nécessaire que vous vous absentiez. Vous le savez, les femmes sont adroites, il entendra raison; je vous conduirai dans une maison où vous serez bien traitée.

— Oh! madame, que vous êtes bonne!

— Allons, retirez-vous, il est temps; Camille ne viendra pas, il était inutile qu'il assistât à notre entretien, et je me suis arrangée de façon à le tenir éloigné pour ce soir. Je vais vous reconduire, descendez avec moi.

La démarche que venait de faire la mère de Camille engageait l'avenir, et elle avait tort; mais l'excellente femme, en agissant ainsi; n'avait suivi que la première impulsion de son cœur, et ne s'était aucunement rendu compte de la fausse position que peut-être cette démarche pourrait lui donner un jour vis-à-vis d'elle-même.

Quant à moi, si je faisais du roman, j'avoue que je n'aurais point osé amener cette péripétie dont je n'aurais pas su me tirer; mais je raconte une histoire vraie, la démarche a eu lieu; je la cite; tirez-en telle conclusion que vous voudrez, cela m'est parfaitement égal.

Ce qui s'était passé dans cette soirée était certes bien de nature à rasséréner le front de la jeune fille. Eh bien, tout au contraire, Amélie rentra chez son père comme accablée sous le poids d'un pressentiment.

Cependant tout était tranquille dans la maison paternelle, et le vieillard accueillit son enfant avec le doux baiser du soir, qui l'avait aidé tant de fois à dormir de ce sommeil calme aussi nécessaire aux cheveux blancs qu'aux jeunes têtes.

Mais, le lendemain, cette sécurité devait être troublée à jamais par suite d'un incident qui amena les plus déplorables résultats.

Le père d'Amélie fut ce jour-là instruit de tout, par un amoureux évincé de la jeune fille; simplement pour jouer une bonne *espièglerie* à son rival préféré, il lui jeta traîtreusement entre les deux

jambes le bâton raboteux et brutal d'une dénon-
ciation.

Ce fut une scène terrible.

Camille et Amélie étaient tranquillement au coin
du feu, dans leur petite chambre, lorsque tout à
coup la porte s'ouvrit avec fracas, donnant passage
à un homme à la figure pâle, bouleversée, à l'œil
animé et lançant de fauves éclairs, dont la bouche
contractée par un rictus que rendaient encore plus
effrayant les épaisses moustaches blanches dont elle
était surmontée, ne put articuler que ces mots, qui
sonnèrent comme l'éclat de la foudre aux oreilles
des deux jeunes gens :

— Les misérables ! c'était donc vrai !

Il tenait à la main un pistolet tout armé, et le dirigea en même temps sur Camille. Mais la surexci-
tation qui avait soutenu jusque-là le vieillard, l'aban-
donnant tout à coup, il tomba épuisé en laissant
échapper son arme, dont le coup partit dans la
chute.

Ce qui suivit ne se décrit pas. Seulement on fut
obligé d'emporter le père et la fille, qui tous deux
étaient inanimés.

Le vieillard avait été trop cruellement frappé ; malgré tous les soins qui lui furent prodigués, il expira

deux ou trois jours après, sans avoir pu reprendre connaissance.

Quant à Amélie, les émotions successives qui venaient de l'assaillir altérèrent sa santé d'une manière si grave que le médecin jugea nécessaire de la transporter dans une maison de santé, en annonçant que, selon toute probabilité, elle accoucherait avant terme, et que l'opération serait dangereuse.

En effet, elle mit au monde, à sept mois, un enfant, né viable pourtant, mais maladif et réclamant de grands soins.

La mère de Camille avait pourvu à ce qu'Amélie fût bien traitée et pourvue de tout ce qui pouvait lui être nécessaire.

Celui-ci avait vu avec assez d'inquiétude tous les événements que je viens de raconter. Cependant il avait reconnu l'enfant d'assez bonne grâce, et rien dans son attitude vis-à-vis d'Amélie n'était notoirement reprochable. Mais depuis qu'il savait que sa mère consentait à ce qu'il en fît sa femme, il était visiblement contraint; bientôt son empressement auprès de la jeune fille diminua, ses visites ne se prolongèrent plus autant, et sous le prétexte de leçons de musique, de démarches nécessaires, il n'alla plus la voir tous les jours.

Amélie s'aperçut bien qu'elle était négligée, mais lorsqu'elle témoignait à Camille par de douces paroles les craintes qu'elle ne pouvait s'empêcher d'éprouver, celui-ci la rassurait, mais ne se conduisait pas mieux.

Amélie était malheureuse, elle se sentait à la discrétion de Camille, et sa fierté, qui l'aurait empêchée de jouer un rôle qui lui répugnait, pliait devant l'intérêt de son enfant; elle se soumit donc aux exigences de la nécessité. D'ailleurs qu'avait-elle à reprocher? Rien. Elle savait qu'elle avait raison et ne pouvait prouver à Camille qu'il avait tort.

Et puis le père aimait son enfant. Au lieu de le repousser par des tracasseries, ne valait-il pas mieux essayer de le ramener par la douceur et la résignation? Elle résolut donc de se consacrer à l'existence chétive de ce petit être, seul lien désormais qui les rattachât l'un à l'autre.

Peut-être serait-elle arrivée à son but, peut-être Camille, dont la conscience était bien un peu chargée à l'endroit d'Amélie, eût-il définitivement pris le parti que les événements lui eussent ordonné de prendre. Mais il y a vraiment des êtres sur lesquels la lourde main de la fatalité pèse d'un poids écrasant.

Amélie vit son enfant tomber malade et mourir, malgré tous les soins dont elle l'entoura.

Concevez-vous cette douleur d'une mère qui vient de perdre la créature née de ses flancs, l'enfant que ses désirs ont conçu avant qu'il ne fût engendré, qui voit tomber cette délicieuse fleur de son âme! Tenez, c'est là une grande et sainte douleur, on ne la traduit pas. Seulement j'en ai été témoin, moi, et je ne puis vous en dire qu'une chose, c'était navrant!

La pauvre femme comprit à ce moment que tout était fini pour elle; elle invoqua la mort, mais la mort ne vint pas. Après une cruelle maladie, pâle, amaigrie, elle se trouva seule un jour, oh! bien seule, cette fois, car elle n'avait plus rien à aimer, rien qui l'aimât. Camille lui avait fait une visite et n'était plus revenu.

C'est étrange, et la Providence a des décrets bien incompréhensibles! Qu'avait à faire désormais sur terre cette femme qui avait tour à tour perdu son père, son enfant et ses illusions? Pourquoi Dieu ne la reprit-il pas? Pourquoi laisser au monde ce corps galvanisé par le malheur et de si cuisantes déceptions? Pourquoi enfin la tombe qui semblait prête à l'engloutir, la rejetait-elle tout à coup au milieu d'autres misères et d'autres épreuves?

Je le répète, les décrets de la Providence sont impénétrables! car enfin la destruction eût été plus qu'un bonheur pour Amélie, dans les conditions vitales où elle se trouvait.

Elle entrevit d'un coup d'œil sa situation, et puisque la mort la fuyait, elle voulut la provoquer. Mais la matière devint lâche, quand l'âme était vaillante, son courage faiblit. Elle vécut, si toutefois cela s'appelle vivre que de consumer sa vie ainsi qu'elle le fit.

— Et Camille, qu'est-il devenu? me demanda Henri lorsque j'eus fini ma narration. — Amélie le revit-elle?

— Oui, une seule fois, mais elle ne le reconnut pas, et lui-même n'osa point éveiller les souvenirs du passé dans ce cœur vieilli avant le temps, il eut peur de toucher à cet instrument qu'il avait faussé. Ils se coudoyèrent comme deux inconnus.

— Et maintenant?

— Maintenant il chante faux et joue plus faux encore, dans je ne sais quel théâtre de septième ordre. Si vous voulez vous compromettre un soir, je vous ferai voir ce vieux jeune homme de peu d'espérance; mais, en vérité, cela n'en vaut guère la peine.

PARTIE ET REVANCHE.

— Je propose?

— Jouez, monsieur.

— Pique?

— Je prends. Trèfle?

— A moi! Carreau?

— Je coupe! Atout et atout. Je gagne encore!

— Oh! mais il ne faut pas s'étonner de cette veine. Notre ami Anatole est un rude jouteur; il gagne à tous les jeux. C'est très-dangereux de se frotter à un tel adversaire. Ce n'est pas qu'il soit âpre au

9.

gain, car c'est un beau joueur; mais il y met une sorte d'amour-propre. C'est à ce point que, si la peste était l'enjeu, je crois qu'il voudrait la gagner.

— En vérité, monsieur, vous jouez d'un bonheur...

— Vous m'en voyez confus, madame.

La personne qui interpellait le jeune homme était une dame, laquelle s'étant constamment tenue derrière l'adversaire d'Anatole durant toute la partie qui venait d'être jouée, avait fixé ce dernier avec une attention tellement soutenue, qu'elle avait fini par l'intriguer.

Cette façon de dévisager les gens aurait pu paraître insultante, ou au moins peu convenable; mais, outre qu'il est accordé aux femmes, dans un certain ordre de choses, bien des immunités qu'on ne permet pas aux hommes, ajoutons que rien, dans l'attitude ni dans la physionomie de la dame, ne reflétait aucune mauvaise pensée sur l'heureux joueur, et ne pouvait offenser celui-ci. Cette investigation avait un but, et Anatole, se penchant vers Lucien de Maulne, lui demanda quelle était cette dame.

— Cette dame, eh! c'est madame Dubret.

— Ah çà! elle croit donc que je triche son mari?

— Allons donc, mon cher, elle s'occupe bien si tu

perds ou si tu gagnes; c'est la plus grande coquette
des quatre parties du monde connu. Et si elle s'est
tant occupée de toi, c'est que tu n'as pas encore
paru la remarquer. Le meilleur moyen de piquer
les femmes, c'est de ne pas avoir l'air de s'en occuper.

— Le fait est que je ne l'avais pas encore vue. Ah !
elle fait de la coquetterie, dis-tu ?

— Oui, et ce qu'il y a d'amusant, c'est que le
Dubret est d'une jalousie de tigre, j'allais dire de
cerf ; mais il n'est pas encore bien prouvé que cet
animal branchu soit doué de cette qualité remarquable.

— Et justifie-t-elle la bonne opinion de son mari ?

— Ah ! mon cher, on ne sait jamais ces choses-là
au juste, à moins d'être auteur du délit.

— Tiens, tiens ; mais, voilà une bonne affaire ; on
peut s'amuser aux dépens du brave homme. Qu'en
dis-tu ?

— Eh ! nous y sommes précisément ! Tu passes, à
tort ou à raison, pour ne pas te laisser prendre facilement aux petites roueries féminines, et, tu comprends, cela pique au jeu la dame.

— A-t-elle de l'esprit, au moins ?

— On le dit, et moi je le crois.

— Bon, je n'y perdrai pas tout. D'ailleurs, elle n'est pas mal, cette femme. Tu la connais ?

— Oui.

— Assez pour me présenter à elle?

— Très-bien.

— Présente-moi, alors.

— Oui, mais pas ici ; nous irons chez elle.

— Dans ce cas, merci, je vais me présenter tout seul.

— Comment?

— Oui, je vais la prier pour une contredanse. Si, comme tu le dis, elle a de l'esprit, nous nous entendrons à merveille, et elle m'engagera elle-même à lui faire visite.

— Mais, malheureux, tu vas faire tourner la cervelle à ce pauvre Dubret.

— Sois donc tranquille, je n'en veux pas à sa tête. Je suis désœuvré en ce moment, voilà une occupation.

— Prends garde! Il ne faut pas jouer avec le feu.

— C'est vrai ; mais je ne suis pas si inflammable que cela. Je me contenterai de chauffer sans m'allumer.

— Tu t'y feras prendre.

— Jamais! Adieu ; je vais commencer l'attaque. Ce sera superbe.

Et Anatole, quittant son ami Lucien, se dirigea vers madame Dubret, assise sur un fauteuil à côté d'une autre dame, qui semblait placée là exprès comme pour faire mieux ressortir, par tout ce qu'elle avait de prétentieusement ridicule et de laid en soi, la séduction et l'élégance de sa voisine.

Celle-ci, du reste, avait peut-être choisi elle-même ce voisinage ; les femmes ont cette habileté, quand elles sont à peu près bien, d'avoir rarement à côté d'elles une autre femme de leur valeur physique ; mais au contraire, elles font de préférence leur compagnie, ou dans une réunion se placent à côté de ces malheureuses créatures dépourvues de toute espèce d'agrément, ce qui fait ombre au tableau et aide même à en dissimuler les légères imperfections. Les autres s'accommodent assez volontiers de cette demi-servitude ; car, de ci, de là, elles ramassent les miettes de galanterie que la politesse des hommes laisse tomber dans leur main quêteuse de compli- ments ; bonnes fortunes de hasard qu'elles doivent évidemment à leurs compagnes privilégiées, mais veulent attribuer malgré tout, aveugles qu'elles sont, à leurs mérites personnels.

Les femmes, si toutefois nous pouvons nommer de ce nom tous les êtres portant jupons et cornettes — et je dis qu'il en est auxquelles je voudrais appliquer un troisième sexe, — les femmes ne doutent de rien. Il est vrai qu'il y a des hommes qui ne s'effrayent de rien non plus, et par cela même justifient ces prétentions insensées. Quant à moi, je déclare en toute sincérité qu'il est certains actes de galanterie envers certaines femmes dont je me sens parfaitement incapable, et pour lesquelles j'accorderais aisément, à ceux qui ont la force de les accomplir, la croix d'honneur, le prix Montyon, ou une entrée à perpétuité à Bicêtre ou à Charenton.

Cependant Anatole, tout en se dirigeant du côté de madame Dubret, analysait d'un coup d'œil connaisseur quelle était la femme à qui il allait avoir affaire.

A ce moment, celle-ci s'étant levée, il put remarquer qu'elle était grande et bien faite, avait une jolie taille, et que sa tenue annonçait un goût exquis; elle avait légèrement aventuré son pied en dehors de sa jupe; il put en remarquer la finesse et la proportion relativement exiguë. Le bras était gracieux; mais ce qu'elle avait de remarquablement beau, c'était la luxueuse prodigalité de ses cheveux, d'un blond étrange, non point rouges ni pâles, mais à reflets fauves, indiquant leur vigueur et encadrant de leurs lourds bandeaux, aux trois ondulations naturelles, sa figure, qui, sans être précisément belle de cette régularité grecque qui constitue mieux à mon sens une belle statue qu'une jolie femme, n'était pourtant pas sans charme et avait énormément de diablerie et de mobilité. En somme, elle avait de la distinction.

Quant à la main, elle était bien dessinée, mais recouverte par un gant. Anatole avait beaucoup trop d'habileté pour en juger à cette seule inspection.

Nous qui connaissons la main, et bien d'autres choses encore, nous dirons tout de suite que madame Dubret, qui, en réalité, ne l'avait pas belle et n'y mettait aucun amour-propre, dissimulait cependant avec bonheur cette imperfection, et que le commun des martyrs aurait juré que sa main était digne de la Lescombat, qui, ainsi que chacun sait, était une affreuse coquine, mais possédait une des plus belles mains de l'univers.

Arrivé auprès de madame Dubret, Anatole s'inclina devant elle avec grâce et sollicita une contredanse.

— Monsieur, je crains bien de ne pouvoir vous

accorder ce que vous me demandez; je suis engagée pour toute la soirée.

Anatole eut un mouvement de dépit.

— Mais il y a un moyen, reprit madame Dubret. Valsez-vous?

— Mais, oui, madame.

— Eh bien! engagez-moi pour la deuxième valse.

— Vous êtes trop bonne, madame, dit-il en s'inclinant de nouveau.

— C'est entendu; ne m'oubliez pas, ajouta-t-elle en tendant la main à un jeune homme qui venait la chercher pour le quadrille, dont l'orchestre jouait le prélude.

Et elle s'éloigna, appuyée au bras de son cavalier, en lançant un sourire à Anatole, qui fit apercevoir à celui-ci qu'elle avait en outre de jolies dents.

Si nous disions maintenant ce que c'est que M. Anatole, peut-être n'en serait-on pas fâché, et comme nous ne voyons point d'indiscrétion à le dire, et que nous reconnaissons ce désir légitime, nous dirons non-seulement ce que c'était que M. Anatole, mais nous pousserons même l'obligeance jusqu'à dire aussi ce que c'était que M. Dubret.

D'ailleurs il faut bien donner les passe-ports aux gens que l'on fait voyager, et comme nous voulons

que nos personnages puissent circuler librement dans
la pensée de nos lecteurs, pays bien autrement vaste
que tous les pays du monde, contrée sans bornes et
sans routes tracées, ensemble, mers, lacs et fleu-
ves, montagnes et précipices, infini dans lequel on
se perd facilement, nous allons tâcher de les mettre
en règle, de telle sorte, qu'interpellée au besoin, l'intelligence puisse répondre pour eux à l'esprit et les
faire reconnaître.

Anatole de Longpré était un beau garçon de vingt-
six ans : cinq pieds six pouces, taille élégante et bien
prise, manières aisées, cheveux blonds bouclés naturellement, grands yeux bleus, trop grands peut-être,
la bouche un peu forte, les lèvres charnues, mais
d'un rouge bien vivace, surmontées d'une petite
moustache blonde, le pied et la main distingués, s'habillant bien et portant bien ses habits ; voilà pour le
physique.

Au moral, on lui donnait de l'esprit, et il n'avait
pas besoin qu'on lui fît ce cadeau, c'était l'aumône
à l'opulence. Artiste dans toute la portée du mot,
il était à la fois peintre, littérateur, musicien, le
tout par fantaisie et à ses moments ; généralement
aimé de ceux qui le connaissaient et recherché de
ceux qui ne le connaissaient pas, ayant peu ou point

de fortune, cependant de belles espérances dans l'a-
venir, et dans le présent pas mal de dettes, mais encore du crédit; en somme, jouissant d'une espèce de
célébrité de salon et d'atelier, qu'il n'avait pas cher-
chée, mais qui, lui étant arrivée, ne le gênait pas autrement, et dont il supportait les conséquences avec
beaucoup d'aisance et de tact. On ne lui connaissait pas de maîtresse attitrée, et il passait pour très-
fort auprès des femmes ; or, comme madame Dubret
avait la prétention d'être forte auprès des hommes,
c'est ce qui avait excité chez elle le désir de voir de
près ce rude adversaire et de se mesurer avec lui.

M. Dubret, c'était un autre genre.

M. Dubret était un homme de quarante à qua-
rante-cinq ans, type ordinaire, type de.... mari, tournant à l'obésité et à la calvitie, négociant retiré et
riche comme l'arithmétique, bon homme au fond, et
n'ayant qu'un travers, celui d'être jaloux de sa
femme, qu'il aimait assez, du reste, pour n'avoir, en
même temps qu'elle, qu'un petit sentiment, mais si
peu de chose, qu'il est bien médisant à nous d'en
parler, logeant *Breda-street*, aux appointements de
500 francs par mois.

Les appréhensions jalouses de M. Dubret étaient-
elles fondées ? Nous avons entendu tout à l'heure

Lucien de Maulne répondre à Anatole, qui lui faisait la même question, qu'on n'était sûr de ces choses-là que quand on avait soi-même aidé à la culpabilité.

Les uns disent qu'il n'y a pas de feu sans fumée, ce qui, selon nous, semble pécher contre les lois physiques les plus élémentaires.

Les autres, retournant la phrase, prétendent au contraire qu'il n'y a pas de fumée sans feu, ce qui ne nous paraît guère plus fort. Il est vrai que cette proposition faisant partie de la sagesse des nations, il n'y a rien à dire, et que nous sommes bien osés de vouloir détruire des raisonnements aussi spécieux. Mais, pour en revenir à M. Dubret, le pauvre homme avait beaucoup plus de peur que de mal, et l'empaumure, dans tous les cas, n'était pas encore d'une apparence bien menaçante.

Quoi qu'il en soit de ces craintes, qu'elles fussent fondées ou non, M. Dubret avait une sainte terreur de tous les jeunes gens qui approchaient sa femme, terreur dont elle se préoccupait fort peu, agissant en tout à sa guise, sans tenir compte des mines piteuses du malheureux, et le plaisantant habilement dans leurs explications à ce sujet.

Anatole et madame Dubret valsèrent ensemble un

peu, et trouvèrent le moyen de causer beaucoup ;
ils se jugèrent à ce premier engagement. Ils étaient
presque de force.

Car ce qui donne une supériorité incontestable à
une femme sur un homme, c'est l'amour qu'elle ins-
pire ou croit inspirer. Heureusement pour Anatole,
il n'en était pas encore là, et se promettait bien de
n'y pas arriver. Ils étaient donc à partie égale.

Après la valse, le jeune homme reconduisit madame Dubret à sa place, la salua avec galanterie, en
lui adressant un compliment, puis disparut.

Dès qu'il fut parti, madame Dubret se leva, traversa les salons, cherchant son mari, qu'elle finit
par trouver, causant avec la maîtresse de la maison.

— Eh bien, chère bonne amie, dit celle-ci, vous
amusez-vous bien ?

— Votre soirée est charmante.

— Nos cavaliers sont-ils aimables ? galants ?

— Toujours !

— Je vous ai vue tout à l'heure valsant avec
monsieur Anatole de Longpré. Qu'en dites-vous ?

— Que voulez-vous que j'en dise ? C'est un homme
comme tous les hommes.

— On voit bien que vous êtes gâtée. Un jeune
homme charmant, rempli d'esprit et de talent. Vous

ne le connaissez pas encore; mais il faut que je vous
le fasse connaître. Je vais vous le présenter. Tenez,
monsieur Dubret, il y a une chose qui m'étonne,
c'est que vous qui recevez, vous n'ayez pas encore
engagé. M. Anatole à vos mercredis. Réparez donc
cette erreur, et bien vite.

— Mais, chère madame, je ne connais pas du tout
ce monsieur.

— Bon, c'est une excuse pour le passé, mais pour
l'avenir vous n'en auriez aucune, puisque maintenant vous le connaissez.

— Mais cependant...

— Allons donc! monsieur, murmura à l'oreille
de son mari madame Dubret; ne voyez-vous pas que
vous allez vous rendre ridicule? Puis, tout haut :
Mais, oui, ces messieurs ont fait connaissance les
cartes à la main, et M. Anatole a même gagné à
mon mari quelques centaines de louis, je crois. C'est
un beau joueur.

— Oui, oui, cela est vrai, balbutia Dubret.

— Tenez, reprit la maîtresse de la maison, le
voici qui se dirige de notre côté. Ainsi vous l'ad-
mettez?

Anatole, qui peut-être avait un mot d'ordre, se
dirigeait, en effet, sans en avoir l'air, du côté du

groupe qui en ce moment s'entretenait de lui. Dès qu'il fut à portée, la maîtresse de la maison lui fit signe de venir à elle.

M. Dubret comprit qu'il fallait faire contre fortune bon cœur, et dans le monde se conduire en homme du monde.

Il se laissa donc présenter le jeune homme, et ce fut avec une sorte de bonne grâce qu'il l'engagea à lui faire l'honneur de venir le voir, qu'il recevait les mercredis; enfin toutes les banalités d'usage en pareille circonstance furent échangées de part et d'autre. Anatole était présenté, et de ce moment il avait son droit d'entrée dans la maison de M. Dubret, dont l'abord était ordinairement difficile aux jeunes gens, de par l'instinct jaloux du maître.

Il était engagé à y passer les soirées du mercredi, n'était-il pas naturel aussi qu'un autre jour il fît une visite de politesse, visite qui pouvait, avec l'assentiment de la maîtresse de la maison, se renouveler quelquefois sans que cela tirât à conséquence? Ces visites ne pouvaient-elles, par un hasard bien innocent sans doute, avoir lieu juste aux instants où le mari n'était pas là pour le recevoir? Car il ne faut pas oublier que celui-ci avait autre part un intérêt de cœur, secondaire il est vrai, mais ayant aussi ses exigences. Si cela arrivait, où serait le crime ?

Anatole avait donc le droit, par la même raison, de faire la cour à madame Dubret, sans que M. Dubret, à moins que cela ne fût trop ostensible, eût une raison de paraître s'en fâcher.

Avouez que la position de celui-ci était des plus gênantes. Il fallait ou être ridicule en jouant l'Othello, et surtout en risquant de le jouer à faux ; ou bien, pis encore en jouant le rôle de Georges Dandin, et peut-être celui-là en le jouant au naturel. Et le malheureux ne se sentait pas la force de supporter bravement la situation.

Anatole, aussitôt la cérémonie de la présentation accomplie, se perdit dans la foule qui encombrait les salons, alla chercher Lucien, puis, leurs paletots sur les épaules, ils se retirèrent en riant, bras dessus, bras dessous.

A quelques jours de là, dans un élégant boudoir, où l'on respirait un parfum pénétrant de jolie femme et de femme coquette, où la lumière, habilement ménagée, se tamisait au travers d'épais rideaux de lampas et de mousseline, deux personnes étaient renfermées et causaient assises sur un de ces meubles que la fantaisie a imaginés à l'effet de bannir un tiers d'un dialogue intéressant ou qui pourrait le devenir. Soyez assuré que si, par maladresse ou préméditation, on vous laisse pénétrer dans un salon et que vous trouviez ce meuble occupé, vous serez toujours le mal venu. — Honni soit qui mal y pense. Nous ne voulons pas faire peser sur nos deux interlocuteurs un soupçon malséant. Et pour le cas présent, nous affirmons, rien n'était plus innocent ; c'était une simple causerie, rien de plus, et nous dirons en outre que ce meuble est certes un des moins compromettants de l'appartement d'une femme, et que, dans notre théorie, si nous craignons une réception froide pour le fâcheux qui viendrait se mêler à la conversation, c'est que du tête-à-tête on peut fort bien aller sur le divan. Et comme nous n'en sommes pas là, halte aux suppositions malignes. Nos personnages venaient à peine de quitter le solitaire fauteuil. Or, il y avait huit grands jours qu'ils se connaissaient; et si, pour aller du fauteuil au tête-à-tête, ils avaient mis tout ce temps, nous garantissons que pour franchir l'espace qui les séparait du divan, à moins d'un événement que notre perspicacité ne peut prévoir, bien des heures pouvaient s'écouler encore.

Nous n'avons pas besoin de dire que nous avons

affaire à un homme et à une femme, que cet homme
est M. Anatole de Longpré, et que cette femme est
madame Dubret.

— Quel singulier homme vous faites! quand mon
mari est là, vous paraissez empressé auprès de moi,
comme un quêteur d'amour, ce qui le fait bien dam-
ner d'une façon désespérante; et dès que nous
sommes seuls, vous changez de ton et de langage.
C'est à n'y rien comprendre.

— Eh! mon Dieu! madame, vous avez bien vos
heures, vous autres femmes, pourquoi voulez-vous
que nous n'ayons pas les nôtres?

— Oh! ce n'est pas la même chose.

— Comment, ce n'est pas la même chose! Ah çà,
dites-moi un peu pourquoi les femmes se figurent-
elles que nous devons tomber tout d'abord amoureux à en perdre la cervelle?

— Si c'est pour moi que vous dites cela, vous êtes
un fat. Qui peut vous faire croire que je veuille
prendre la peine de vous rendre amoureux?

— Je ne dis pas cela pour vous, je parle en thèse
générale.

— Ainsi vous n'aimez pas les femmes?

— Moi! ah! que dites-vous là! madame. Au contraire, je les aime toutes.

10

— Mais vous ne voulez pas leur faire la cour.

— Ah! cette fois vous parlez pour vous. A quoi cela me servirait de vous faire la cour? Je suis trop adroit pour cela.

— Que voulez-vous dire?

— Rien.

— Moi, je vous dis que ces paroles cachent une pensée, et je veux la savoir.

— Déjà, je veux!

— Prenez garde, M. Anatole, cela ressemble à du persiflage.

— Dieu m'en garde!

— Et si vous êtes si méchant pour moi, je ne vous reverrai plus.

— Allons donc! vous en seriez bien fâchée.

— Ah! mais ceci devient de l'impertinence.

— Pas le moins du monde. Mais votre mari serait trop content de mon bannissement.

— Et vous croyez que je ne tiens pas autant à lui être agréable?

— Peut-être!

— Eh bien! vous verrez.

— Adieu, madame!

Et Anatole s'était levé, s'apprêtant à partir.

— Vous vous retirez déjà?

— Sans doute.

— Qui vous force à me quitter sitôt?

— Ne m'avez-vous pas signifié mon congé?

— Ah! c'est trop fort! Eh bien! adieu, monsieur.

Anatole, ayant décrit la courbe la plus gracieuse d'un salut plein d'aisance, se dirigeait vers la porte de sortie du boudoir, et touchait déjà du bout du doigt le pène qui eut été, dans une autre circonstance, rétif aux efforts maladroits d'un amoureux éconduit, mais qui semblait devoir céder à la simple pression d'Anatole, qui avait toute la lucidité du plus grand sang-froid.

En jetant un coup d'œil sur une glace qui profilait madame Dubret, Anatole put aisément distinguer un mouvement de dépit que celle-ci ne put assez tôt réprimer.

— Allons! mauvais, donnez-moi la main, et revenez.

— Tout à vos ordres, madame, dit le jeune homme en s'inclinant sur la main de madame Dubret, et lui cachant ainsi un sourire dont l'expression ne l'eût peut-être pas flattée.

Comme on le voit par ce qui vient de se passer, la coquetterie féminine de madame Dubret était en lutte avec l'indifférence parfaite qu'affectait envers

elle Anatole, lequel avait comme auxiliaire appelé à
son aide toute la fatuité dont il pouvait disposer; et
notre ami en possédait une bonne dose.

Disons aussi que ce qui se passait entre eux était
bien fait pour dépiter madame Dubret; elle ne pouvait comprendre la tactique d'Anatole, qui procédait
à l'inverse de tous les amoureux connus. En effet,
ceux-ci n'ont pas l'habitude de se découvrir devant
le mari d'une femme qu'ils convoitent, et sont d'autant plus pressants qu'ils n'ont point autour d'eux
ce témoin intéressé. Tout au contraire, Anatole, depuis qu'il était admis auprès de madame Dubret,
affectait avec elle une galanterie et des poses de
soupirant à désespérer ce bon M. Dubret. Mais dès
que ce dernier n'était plus là, Anatole redevenait ce
que nous l'avons vu tout à l'heure dans le boudoir;
c'est-à-dire indéchiffrable comme un logogriphe de
quinze pieds.

Cependant il était souvent, très-souvent même
chez madame Dubret; et depuis la conversation que
nous avons racontée, d'autres entrevues avaient eu
lieu; et parfois, Anatole en se retirant semblait près
d'être vaincu, mais c'était pour reparaître le lendemain plus ferme que jamais sur les étriers de sa
tranquillité et de sa force d'âme.

Quant à M. Dubret, sa sérénité, déjà loin d'être parfaite, disparaissait de plus en plus, les choses avaient précisément tourné comme il le craignait. Le foyer conjugal était envahi par un intrus redoutable, qui, en dérobant à son profit la flamme et la chaleur, menaçait de ne lui laisser que les tisons et les cendres froides.

Il était devenu impossible! Brusque et chagrin, son humeur ombrageuse le suivait partout, même rue Bréda, où venaient l'assaillir des ombres fantastiques lui représentant la possibilité d'une trahison matrimoniale; alors il prenait sa canne et son chapeau et se hâtait de partir sans aucun prétexte apparent. La jeune Madeleine, non encore repentie, ne s'expliquait point ces fugues; mais en faisait son profit, sûre qu'elle était de voir revenir son Jupiter le jour où elle voudrait se transformer en Danaé.

Pourtant un jour, Jupiter se présenta d'un air si maussade, que Danaé, impatientée à la fin, lui demanda ce qu'il avait.

Il eût été fort embarrassé de répondre; et se contenta de dire :

— C'est ce piano qui m'agace. Je ne comprends pas qu'on demeure dans une maison où l'on entend

10.

éternellement résonner une épinette. Taper sur un piano! il n'y a que des crétins pour aimer une semblable occupation.

En parlant ainsi du musicien qui irritait son système nerveux, M. Dubret barbottait affreusement, car le *forte* dont il est question récitait une des plus suaves mélodies que l'imagination d'un artiste ait jamais enfantée.

Aussi lui fut-il répondu d'un ton à peu près ironique :

— Mon cher, vous n'aimez pas la musique. Cette fantaisie est tout bonnement un petit chef-d'œuvre ; et le musicien l'exécute merveilleusement.

— Ah ! c'est un musicien ?

— Sans doute.

— Ah ! c'est un musicien ! et vous le connaissez, madame ?

— Mais, sans doute je le connais, comme on connaît un voisin. C'est même un jeune homme charmant.

— Ah ! c'est un jeune homme charmant ! Ah ! vous le connaissez ! et vous osez me le dire.

— Mais vous devenez fou !

— Pas assez, mademoiselle, pour accepter la po-

sition ridicule que vous voulez me faire tenir. Tout
est rompu entre nous.

— C'est une mauvaise querelle que vous me
cherchez.

— C'est possible, mais c'est comme cela.

— Vous êtes bête comme un chou.

— Mademoiselle, vous ne me reverrez jamais.

— Allez au vert !

Dubret s'en alla plus furieux que jamais, furieux
surtout contre lui-même, car il sentait qu'il avait
été parfaitement stupide.

Il rentra chez lui disposé à faire un éclat, et avait
préparé un *speech* étourdissant sur les devoirs d'une
femme envers son mari, et les droits de celui-ci sur
sa femme.

Il aurait été superbe !

Malheureusement il ne trouva rien qui pût exciter sa verve acrimonieuse. Tout était dans le plus
grand calme chez lui, les domestiques étaient à leur
poste, le cocher à ses chevaux, le cuisinier à ses
casseroles, et madame Dubret à une broderie, dans
le salon, en seule compagnie de ses pensées, que
Dubret ne pouvait, en bonne conscience, prendre à
partie, même dans la disposition exécrable où il se
trouvait.

Il n'en était pas arrivé encore à cet admirable perfectionnement de la jalousie, qui n'ayant rien à reprocher, s'en prend, faute de mieux, aux élans qui s'emparent de l'âme aux heures de solitude, et cherche à les interpréter.

Avouons que la jalousie est une superbe chose.

— Comment! c'est vous, déjà? fit madame Dubret, en voyant entrer son mari.

Celui-ci, qui avait préparé une scène et raté son effet, voulut au moins l'utiliser, et se saisit de cette phrase avec acharnement.

— Déjà! il paraît que je vous gêne, madame.

— Je ne vous dis rien de semblable.

— Vous vous attendiez à une autre visite que la mienne?

— Pas le moins du monde. Vous n'avez pas l'habitude de rentrer à cette heure, et je m'étonne de vous voir sitôt, voilà tout.

— A l'avenir, madame, je rentrerai toujours ainsi, ou mieux, je ne sortirai pas.

— Vous me dites cela comme si je m'y opposais; vous êtes bien le maître de faire ce que bon vous semble.

— Sans doute, madame, je suis le maître.

— Ah çà ! mais vous savez que vous êtes fort désagréable aujourd'hui ?

— Vous trouvez ? Mais répétez-moi donc, madame, que je suis désagréable, cela me plaît. Vous
ne dites rien ? Si je suis désagréable, c'est qu'il y a
d'autres personnes que vous trouvez plus à votre
goût.

— Ah ! bon Dieu ! quelle loquacité ! Je vous avoue
que vous parlez si vite et si fort, que je ne comprends absolument rien de ce que vous voulez dire.

— Cherchez.

— Avouez, dans tous les cas, monsieur, qu'il ne
faudrait pas aller loin pour rencontrer des gens d'une
humeur moins maussade.

— Et vous savez où il vous faudrait chercher ?

— Voyons, monsieur, tout cela commence à m'ennuyer outre mesure. Où voulez-vous en venir ?

— A cela, madame : Que dorénavant personne
n'entrera ici sans que j'aille moi-même ouvrir la
porte.

— Et à propos de quoi cette mesure sévère ?
Craindriez-vous une invasion de démagogues ?

— Trêve de plaisanterie. Je ne veux plus que vous
receviez ce M. Anatole.

Madame Dubret ne broncha pas ; mais un observateur scrupuleux aurait pu apercevoir sur sa figure une légère contraction nerveuse, qui la fit pâlir imperceptiblement.

— Décidément, monsieur, vous êtes fou, dit-elle en se levant ; cette maladie n'est pas contagieuse ; mais comme elle pourrait le devenir, je vous laisse digérer cet accès tout à votre aise.

M. Dubret, resté seul, comprit qu'il venait encore une fois d'être battu, sans que, pour cela, il en fût plus content.

Trois jours entiers se passèrent sans que M. Dubret sortît de chez lui. Il jouait de malheur ; car, pendant ces trois jours, Anatole ne s'étant même pas présenté, M. Dubret en fut pour ses frais de raccommodement et de pardon, qu'il sollicita de madame Dubret, pardon que celle-ci, qui avait bien à le ménager un peu, lui octroya néanmoins ; en somme, elle y gagna un superbe cachemire et un peu de liberté de plus.

D'ailleurs, M. Dubret n'avait point rompu le cordon sanitaire qu'il avait établi autour de sa femme, et comme l'été s'approchait, qu'il allait passer cette saison à la campagne, où il se promettait bien de ne pas engager M. Anatole de Longpré à venir le voir,

il comptait sur l'éloignement pour dissiper ses dernières terreurs, qu'il croyait assez mal fondées, du
reste, après ce qui venait de lui arriver.

Le quatrième jour donc il lui vint à l'idée qu'il ne
ferait pas mal peut-être d'aller faire un tour *Breda-
street* pour savoir comment les choses s'y passaient ;
c'était un léger sacrifice d'amour-propre ; mais,
bah ! il y allait tout de même.

Or, voici ce qui était arrivé : Après la sortie de
Jupiter, Danaé, qui savait son homme sur le bout
de son petit doigt rose, s'était peu inquiétée des
suites de cette rupture ; mais elle résolut de s'en
venger, et voici comment elle s'y prit :

En réalité, elle ne connaissait pas le voisin, cause
innocente de cette brouille ; celui-ci, entré de la
veille dans le colombier, n'avait eu aucun rapport
avec elle ; ils s'étaient croisés dans l'escalier, l'un
montant, l'autre descendant, et Danaé avait pu voir
seulement que c'était un fort beau garçon.

Or Danaé, ainsi que ses coreligionnaires en Vénus,
n'éprouvait aucun éloignement pour les jolis garçons. Le reste se comprend ; elle n'était point à bout
de moyens pour trouver celui de lui raconter ce qui
était arrivé. Ils en avaient beaucoup ri ensemble,
et comme Danaé était un peu musicienne, toujours

ensemble, l'un montrant, l'autre apprenant, ils firent de la musique et jouèrent souvent la fameuse mélodie.

Ce jour-là Jupiter se dirigeait vers *Breda-street*, ainsi que nous l'avons dit, et monta les escaliers qui conduisaient à l'appartement de Danaé.

En mettant le pied sur la première marche, les sons éloignés d'un piano, sons qui se rapprochaient à mesure qu'il gravissait, vinrent désagréablement lui chatouiller le tympan. Le malheureux était atteint d'une *mélomanophobie*. La musique le crispait, et cela se conçoit, il n'en n'était pas bien sûr encore, car il ne possédait pas l'ouïe d'une grande justesse musicale, mais il croyait reconnaître le même rhythme de cette fameuse mélodie qu'il entendait jouer partout, qui avait causé sa brouille avec Danaé, qu'il avait entendu jouer à sa femme, dont il avait maudit le compositeur, à qui il avait instinctivement voué une haine venimeuse.

— Toujours cette affreuse musique, murmurait-il en montant un à un les degrés ; elle semble faite exprès pour me narguer. Ah çà, pensait-il, pourquoi ai-je ainsi horreur de cet air-là ? les autres, ça m'est égal.

— Mais, se dit-il tout à coup, je crois reconnaître

les sons du piano de Danaé. Pour le coup, ce serait trop fort !

Arrivé à la porte de Danaé, Dubret reconnut qu'il ne s'était pas trompé ; les sons qui l'horripilaient ainsi étaient bien renfermés derrière la porte de chêne de cet appartement.

Le piano résonnait toujours.

Dubret tira la sonnette avec une violence telle que le piano se tut instantanément, en expirant une dernière note, dont la vibration se mêlant au timbre de l'airain agité avec fureur produisit un accord à faire jeter des cris de paon à un sourd muet ou à un Hottentot.

La bonne, tout effarée, vint ouvrir à Dubret.

Celui-ci se précipita plutôt qu'il n'entra.

Le camériste, rusée d'instinct et par état, ne put empêcher cette irruption d'une soudaineté inattendue ; mais elle eut l'adresse de crier :

— Madame, c'est monsieur !

Et, reculant toujours devant Dubret, dont elle paralysait ainsi les mouvements, elle continua, avec volubilité et en parlant très-haut :

— Ah ! mon Dieu ! monsieur, peut-on sonner comme ça ! ça m'a donné une souleur ! Vous vous

11

portez bien, monsieur ! Monsieur, laissez-moi donc
vot' paletot?

Enfin Dubret put entrer dans le salon, où, tranquille devant son piano ouvert, était assise Danaé
dans toute la majesté d'une conscience légère.

— Eh quoi ! c'est vous, monsieur ? Savez-vous que
votre manière d'entrer chez les gens n'est pas du
dernier bon goût ?

— C'était donc vous qui jouiez ainsi du piano ?

— Sans doute, c'était moi. Le trouvez-vous mauvais ?

— Et personne n'était avec vous ?

— Qui donc ?

Ceci fut répondu avec un aplomb à faire vaciller
sur sa base la colonne Vendôme.

— C'est une simple question.

— A laquelle je pourrais ne pas répondre ; car
enfin, monsieur, la façon dont vous vous êtes conduit
avec moi vous retire le droit de m'interroger ; mais,
par condescendance, je veux bien vous dire que
non.

— Et vous n'avez reçu personne ?

— Personne.

Danaé était admirable.

Mais Dubret, tout en questionnant, avait jeté autour de lui un regard investigateur et circulaire, comme le chien qui sent le gibier et flaire la voie.

— Ah! ah! vous n'avez reçu personne, c'est fort bien ; mais pouvez-vous me dire à qui sont ces gants ?

Et il venait de s'emparer d'une paire de gants dont les doigts passaient à travers deux cahiers de musique.

— Ces gants?... ce sont les miens, répondit effrontément Danaé en voulant s'en emparer.

— Diable! fit Dubret en retirant son bras, votre main a pris des proportions assez remarquables depuis la dernière fois que je vous ai vue.

Danaé s'agita un peu ; mais elle reprit avec sang-froid :

— Oh ! c'est Annette qui a fait cette bêtise. Je lui envoie chercher des gants, elle se trompe de numéro et m'apporte ceux-ci. Est-ce bête ?

— Mais pas trop. Et cette canne, est-ce aussi Annette qui se sera trompée en l'achetant pour une ombrelle ?

Alors, ce n'était plus Jupiter chez Danaé, c'était Jupiter chez Sémélé.

Dubret était flamboyant.

Cette fois il était difficile de nier : les preuves

étaient sous les yeux de l'infortuné, et notons qu'une canne est toujours dans ce cas une arme fort désagréable à voir entre les mains d'un adversaire irrité, à tort ou à raison ; les arguments qu'on peut en tirer étant parfois tellement incisifs et péremptoires, qu'ils n'admettent guère de réplique.

Mais Danaé n'était pas d'une nature à se laisser émouvoir, quand même. Ne pouvant tourner la difficulté, elle l'aborda de front, décidée à sauter par-dessus au besoin.

Dubret, agitant fébrilement la canne, qui sifflait en déplaçant les couches d'air, ricanait amèrement.

— Eh bien, oui, j'ai reçu quelqu'un, là, dit d'une façon accentuée Danaé, qui se posait carrément dans la situation. Ah çà, mon bonhomme, est-ce que vous croyez par hasard que, pour vos beaux yeux, on va se morfondre, parce qu'il vous plaît de chercher une querelle d'Allemand ? Vous n'êtes pas assez prince russe pour ça. Faute d'un moine, l'abbaye ne manque pas, vous savez.

Tout à coup, par un incident facile à prévoir, la scène vint se compliquer de l'intervention d'un nouveau personnage, qui sortit d'un cabinet quelconque, sorte de coulisse de ce théâtre banal qu'on appelle l'appartement d'une lorette.

— Eh ! pardieu ! c'est M. Dubret. Si j'avais su que ce fût vous, cher monsieur, je n'aurais pas joué ainsi à cache-cache. — Comment va madame ? — Dans tout ceci, il n'y a rien de grave ; le mieux, c'est d'en rire, en gens d'esprit que nous sommes. N'êtes-vous pas de mon avis ? — Voyons, ne tourmentez pas ainsi ma canne ; je tiens à cette badine, et vous la maltraitez comme si c'était un rotin vulgaire. Je suis très-content de cette circonstance ; j'ai un rendez-vous pressé, et je vous avouerai que je commençais à ne m'amuser guère dans cette situation des plus ridicules. Allons, mes petits agneaux, je vous laisse tout aux plaisirs du raccommodement.

On nous apprend qu'aux temps antiques certaine tête de Méduse possédait la singulière propriété d'interdire à ce point les gens qui avaient la faveur de se trouver en face d'elle, qu'ils en perdaient instantanément toutes les facultés mentales qui font de l'homme l'être supérieur de la création. Eh bien ! nous ne craignons pas d'exagérer en disant que l'apparition du personnage que nous venons d'entendre parler avait produit sur Dubret un effet pareil à cette fantaisie mythologique ; sa stupéfaction menaçait de tourner à l'apoplexie.

Cependant notre individu se retira en serrant cor-

dialement la main de Dubret, qui se la laissa prendre machinalement, et en lui disant :

— Mes respectueux hommages à madame !

. . . .

Lucien de Maulne, assis devant son chevalet, travaillait attentivement ; Anatole de Longpré venait
d'entrer chez lui, et, pris d'un fou rire, se tordait
sur le divan sans pouvoir proférer une parole.

— Ça peut être drôle ; mais je voudrais bien savoir de quoi il s'agit, afin d'en rire un peu aussi.

— Pardon, mon cher ami, dit enfin Anatole, qui
avait repris haleine, mais c'est l'aventure la plus
bouffonne... Imagine-toi que ce pauvre Dubret... Tu
avais raison, sa femme est une grande coquette...
pas si forte pourtant que je le croyais, et lui d'une
jalousie à couper au couteau... Il n'y a pas de quoi
pourtant. — Enfin, cela marchait bien avec la dame;
mais le Dubret avait un petit sentiment par la ville;
il se fâche à propos de je ne sais quoi avec son ado-
rée de la main gauche; un homme se trouve à propos pour consoler l'Ariane; Dubret, au bout de trois
jours, s'avise de revenir, très-mal à propos, et surprend le groupe. Oh ! c'est fort drôle!

— Mais je trouve ça très-ordinaire, moi.

— Laisse-moi donc achever. Sais-tu qui Dubret

trouve chez sa Madeleine? — Moi, mon cher; com-
prends-tu ça?

— Ah! ah! ah!!!!!

Et les deux amis de rire d'ensemble et à gorge .
déployée.

— Tu avoueras, dit Anatole, lorsqu'il put retrouver la parole, tu avoueras que c'est une fatalité, d'autant mieux que j'ignorais absolument que la petite
fût quelque chose à Dubret. — Ma foi, d'un côté
ou de l'autre, il ne pouvait pas l'échapper.

— D'un côté comme de l'autre, veux-tu dire?

— Pas du tout, pas du tout : madame Dubret et
moi, nous ne nous devons rien, que le respect.

— Ah! bah!

— Mon cher, que diable veux-tu?... que j'aille me
fourrer une passion dans le ventre pour cette femme?
c'est inutile.

— Ah! bah!... Mais dis donc, tu ne me parais
pas plus fort qu'elle en ce moment.

— Mon cher, rappelle-toi bien cette maxime
qui sent M. de la Palisse : Quand on se joue du feu,
il vous brûle!

— Je te l'avais dit.

— En attendant, je vais aller trouver ce bon Dubret et faire ma paix avec lui. Je ne veux pas que les

choses aillent plus loin, car, en somme, je n'ai aucune raison de lui en vouloir.

— Va, et je te vote la canonisation de ton vivant.

On le voit, les intentions de notre ami Anatole étaient des moins perverses, et il résolut de mettre à profit ce bon mouvement sans attendre que la réflexion vînt le refroidir. Le soir même, il se présenta chez M. Dubret, mais on lui répondit qu'il n'y avait personne.

Le lendemain, le surlendemain, pendant toute une semaine, avec une persistance digne d'un meilleur accueil, il se représenta de nouveau, et trouva la porte inflexiblement fermée, toujours sous un prétexte plus ou moins plausible.

— Ah! ah! se dit-il le neuvième jour; ah! ah! monsieur Dubret, vous me gardez rancune, vous me consignez; ma foi, tant pis pour vous; prenez garde! je vous apportais la paix; vous voulez la guerre; *mon coq est lâché, gare à vos poules.*

Cependant, il est assez difficile de lutter contre un homme armé de la force que lui donne son droit; un artiste ne corrompt pas les gens d'un millionnaire au pluriel, et si la jalousie n'est pas toujours un préservatif certain, il n'en est pas moins vrai que, poussée à un certain point, elle ennuye pas mal, mais empêche beaucoup. Or, c'était là le cas de Dubret vis à vis d'Anatole.

Mais précisément parce qu'Anatole avait été ennuyé, il résolut d'ennuyer Dubret, et le moyen fut bien simple : partout où se trouvait Dubret, on était sûr d'y rencontrer sa femme, et partout où on trouvait madame Dubret, on était sûr d'y rencontrer Anatole. Au bois, il caracolait autour de sa voiture ; au théâtre, il occupait une stalle bien en vue. Il côtoyait Dubret de manière à mettre, pour ainsi dire, les pieds dans son ombre.

Et tout cela se passait le plus courtoisement du monde, entre gens qui savent vivre et n'ont pas l'air de se faire des impolitesses.

Établissons la situation morale de nos personnages les uns envers les autres pour bien nous rendre compte de ce qui va suivre.

Dubret avait voué une exécration profonde à Anatole, qu'il considérait comme la pierre d'achoppement de toutes ses félicités et de toutes ses joies : cependant il ne pouvait directement lui faire son procès, et si nous voulons bien nous rappeler qu'Anatole tenait le secret de Dubret à l'endroit de sa Danaé, nous verrons même que celui-ci était à sa discrétion, et conséquemment forcé de temporiser.

11.

Aussi n'avait-il pas rompu en visière, et chaque fois qu'il rencontrait Anatole à portée de la voix, du geste ou de la main, ces messieurs échangeaient de cordiales banalités qui, pour eux seulement, avaient leur signification réelle.

Madame Dubret, un peu froissée de la manière dont Anatole s'était défendu de ses attaques, semblait s'amuser de ce qui se passait, et s'en amuser à ses dépens.

Anatole, nous l'avons dit, était résolu à rendre coup pour coup, sarcasme pour sarcasme, sourire pour sourire; il se piquait au jeu.

La figure de Dubret s'éclairait à mesure que les nuages, au ciel, prenaient des teintes moins grises, sa poitrine semblait se dilater à mesure que le souffle printanier balayait les derniers vestiges de l'hiver; c'est que les préparatifs étaient faits pour aller à la campagne, où il serait enfin débarrassé de l'odieuse présence de son cauchemar.

Mais telle n'était pas l'intention d'Anatole, qui aurait plutôt suivi Dubret en Australie que de ne pas le suivre du tout. Ces messieurs se rencontrèrent un soir au foyer du Théâtre Italien.

— Voulez-vous me permettre, dit Anatole, de vous faire mes adieux?

— Vous partez?

— Oui, je vais faire une excursion dans le Nord, — quelques études des côtes de la mer.

Dubret était enchanté, il voulait aller dans le midi.

— Eh bien, vous avez raison; nous aussi, nous allons faire un petit voyage.

— Dans le nord aussi?

— Oh! non, nous ne savons pas même où nous nous arrêterons; ma femme a le désir d'aller en Italie.

— Bon voyage !

— Et vous aussi.

. . . .

. . . .

Dubret et sa femme étaient installés depuis quinze jours dans une bastide des environs de Marseille.

Notre ami était heureux; il allait chaque matin sur la grève respirer les âpres parfums des exhalaisons salines et cueillir les coquillages que ses pieds rencontraient sur le galet.

Un matin qu'il prenait ainsi le frais, il aperçut, à quelque distance, abrité par un rocher, un homme assis sur un petit monticule de terrain et livré à un travail qui semblait absorber son attention tout entière. Dubret s'approcha de cet homme, qui, au bruit de ses pas, leva la tête et poussa un cri d'exclamation répété par notre indiscret.

— Eh ! c'est monsieur Dubret !

— Quoi ! c'est vous, monsieur Anatole ? vous deviez aller dans le nord, me disiez-vous ?

— Oui, c'est vrai, mais j'ai changé mon itinéraire ; il m'a paru que les vagues bleues de la Méditerranée étaient plus agréables à reproduire que les lames grises de la Baltique. — Ah ! que je suis heureux de vous voir ! — Madame est toujours bien portante, et, je l'espère, vous me permettrez de lui présenter mes hommages.

— Certainement, certainement, murmura Dubret. Ah çà, reprit-il, est-ce que vous êtes fixé ici pour longtemps ?

— C'est selon. Vous comprenez, les artistes suivent les caprices de leur imagination. Bien certainement l'endroit me plaît beaucoup, mais quand il n'y aurait que votre présence ici pour m'engager à y faire séjour...

Forcé dans ses retranchements, Dubret conduisit Anatole chez lui, mais, trois jours après, il n'y avait plus personne dans la bastide.

. . . .

Au chemin de fer du Nord, gare de Paris, un homme demandait au contrôleur deux premières pour Aix-la-Chapelle, et s'emparait déjà de ses deux coupons, lorsqu'il entendit une autre voix demander également une première pour Aix-la-Chapelle.

Au son de cette voix, le premier arrivé se retourna sur le second, qui lui souriait amicalement.

C'était M. Dubret en compagnie de son épouse, et encore Anatole, toujours Anatole.

— Comment, c'est encore vous ? fit Dubret.

Celui-ci, sans paraître remarquer ce que cette phrase pouvait avoir de désagréable, répondit :

— Je vous l'ai dit, cher M. Dubret, l'imagination d'un artiste est vagabonde, elle voyage du nord au midi et du midi au nord. J'avais l'intention d'ailleurs de faire ce voyage depuis longtemps.

— Pardon, mais j'aperçois un de mes amis, et je vous quitte.

— Au plaisir de vous revoir.

— Au diable qui te torde le cou ! pensa Dubret.

Et il se dirigea vers la personne dont il venait de parler, simple relation du monde, mais dont il bénissait à ce moment la présence, qui le débarrassait pour un instant d'Anatole.

Sans songer qu'il abandonnait sa fortune aux entreprises de son ennemi intime.

— Tiens, c'est vous, Dubret ! comment vous portez-vous ? Savez-vous que c'est admirable ! votre intimité avec M. Anatole de Longpré vous donne un certain relief; c'est un garçon charmant et plein d'esprit, heureux sous tous les rapports, — il n'a que le malheur d'être poursuivi.

— Poursuivi ! comment ?

— Eh ! par Dieu ! poursuivi comme tous les jeunes gens, par ce remords qu'on appelle le créancier.

— Monsieur Anatole de Longpré a des créanciers ?

— Féroces !

— Il doit de l'argent ?

— Sans doute. — On dirait que cela vous produit un singulier effet.

— Mais il n'y a pas de lettres de change ? fit Dubret, qui attendait sa réponse avec anxiété.

— Il y a de tout.

— Ah ! mon cher ami, quel service vous me rendez ! fit Dubret en serrant affectueusement les mains de son interlocuteur.

— Comment ! je vous rends service en vous disant que M. Anatole de Longpré a des dettes !

— Et des lettres de change !

— Eh bien ?

— Eh bien, vous ne comprenez pas qu'on peut le fourrer à Clichy.

— Ah ! très-bien, j'y suis. Vous qui êtes riche, son ami intime, vous êtes heureux de trouver une occasion de lui être utile. Ah ! c'est bien, cela !

— Vous y êtes. — Mais, pardon, j'entends la cloche, et je pars.

— Mais moi aussi. — Et où allez-vous ?

— A Aix-la-Chapelle.

— Je vais moins loin que vous, — je vais à Enghien.

— Alors adieu.

— Adieu et bonne route.

Puis Dubret, après avoir salué, se dirigea en toute hâte vers la salle d'attente des premières, où il trouva Anatole causant de fort près avec madame, et d'une voix émue :

— Ma chère amie, dit-il, nous ne pouvons partir aujourd'hui : je reçois à l'instant une nouvelle désastreuse : il paraîtrait que Klossmann et compagnie de Harlem, chez lesquels j'avais placé 50,000 fr., ont manqué, et il faut que je tâche de voir si j'ai tout perdu ou si on peut sauver quelques débris du naufrage.

Puis, se tournant vers le jeune homme :

— Monsieur Anatole, vous qui continuez votre route, seriez-vous assez bon pour me faire retourner mes bagages à Paris, au premier arrêt du convoi ? voici mon bulletin d'enregistrement, et maintenant recevez nos adieux et nos regrets de vous quitter aussi brusquement.

Et notre mari s'éloigna en toute hâte, suivi de sa moitié, sans paraître remarquer le désappointement et la mauvaise humeur qui se lisaient sur la figure de son jeune ami.

— Ah çà, disait Anatole en s'installant dans son vagon, est-ce que ce vieux cormoran compte *me faire poser* longtemps comme ça ? Je suis sûr que c'est une blague, que son Klossmann, mais ça m'est égal, j'y mettrai de l'obstination ! Ah ! tu veux lutter avec moi ; — un mari ; — si ça ne fait pas pitié !... N'aie pas peur, va, demain tu verras tes bagages et moi par dessus le marché. Dorénavant, je ne te quitterai plus d'une semelle, — pas quand tu seras seul, par exemple, continua-t-il en riant.

Hélas ! trois fois hélas ! pendant que tu te reposais, pauvre Anatole, confiant dans ta force et ton habileté, un noir complot se tramait contre toi, complot dans lequel tu allais te jeter toi-même comme l'agneau.

Dubret, à peine de retour chez lui, était immédiatement sorti sous le prétexte fallacieux de s'informer de cette fameuse maison de Harlem, œuvre de son imagination, mais s'était traîtreusement dirigé vers la demeure sinistre et dorée (je parle des plaques) de son huissier, M. Francœur.

Je ne sais, mais il me semble qu'on a froid quand on entre dans les tanières qu'habitent ces vampires en cravate blanche.

Homme d'argent, notre mari était excessivement considéré dans ces mauvais lieux. Ce fut donc en ôtant sa calotte et en se levant avec grande hâte, que le tigre à face humaine, possesseur de sa confiance pour les exécutions de ses débiteurs, reçut M. Dubret.

Coupant court à toutes les politesses, celui-ci, à peine entré, entama brusquement la conversation :

— Mon cher monsieur, n'auriez-vous pas des créances entraînant prise de corps contre M. Anatole de Longpré?

— Qui n'en a pas, mon Dieu! dit l'autre avec un

sourire mélancolique ; — ce jeune homme nous met
sur les dents, — les plus habiles y ont renoncé.

— Vraiment ? dit ironiquement Dubret.

— Vraiment.

— Eh bien ! voyons à quel rabais me céderiez-
vous une créance sur cet habile monsieur ? — Ce ne
doit pas être cher, hein !

— A vous, monsieur Dubret ! dit l'huissier d'un
air effaré et en roulant de gros yeux stupides d'étonnement.

— Oui, à moi !

— Mais vous ne m'avez donc pas entendu tout
à l'heure ?

— Si... parfaitement ; c'est une détermination
prise, je suis sûr que ce garçon-là payera si on le
fourre dedans.

— Oh ! quant à ça, je suis de votre avis, monsieur ; mais il faut l'y mettre... dedans...

— J'ai un moyen infaillible... ainsi, montrez-
moi ce que vous avez.

Il y avait du choix dans le carton vert sale qu'apporta le petit clerc : lettres de change, billets à
ordre, jugements du tribunal de commerce, saisies
de toute nature ; ça sentait le moisi à faire éternuer
un mort.

Mons Dubret choisit une jolie petite lettre de change de quatre mille francs, accompagnée de son jugement définitif, l'acheta à cinquante pour cent de rabais, puis se tournant vers son huissier :

— Vous vous entendrez avec le garde du commerce Guillaume pour qu'à partir de demain, il me suive d'une façon adroite, et je vous réponds que, dans la soirée, votre habile monsieur Anatole sera pincé.

— Je le souhaite, monsieur, lui répondit M. Francœur en le regardant d'un air incrédule.

Le lendemain soir, pendant que mon ami Anatole se couchait mélancoliquement dans sa cellule, M. Dubret, les pieds au feu, la face épanouie par un air de triomphe qui perçait malgré lui, se tournait vers sa femme.

— Sais-tu ce que l'on m'a appris aujourd'hui, ma bonne ?

— Non.

— Eh bien, ma chère, ce pauvre Anatole est à Clichy.

— Ah ! fit madame en pâlissant un peu ; puis, se remettant : C'est fâcheux, dit-elle froidement.

— Cela m'a fait beaucoup de peine, poursuivit l'autre en appuyant, et sans cette maudite faillite...

— Qu'auriez-vous donc fait?

— Ma foi, je lui aurais prêté les quelques mille francs dont il avait besoin. Il faut qu'il soit bien bas percé, car c'est pour une misère qu'on l'a mis sous clef... quatre mille francs.

— Je crois, mon ami, que vous auriez eu tort : M. Anatole de Longpré est un charmant cavalier, c'est vrai... mais il n'était pas assez lié avec vous pour que vous lui rendissiez ce service.

— Tu as peut-être raison, dit Dubret en se levant. — Adieu, ma bonne amie ; je me sens fatigué, et vais dormir en liberté, au moins... Ce pauvre Anatole ne peut pas en dire autant.

Puis il ferma la porte du salon, et sa femme, restée seule, put l'entendre rire à son aise.

Elle était restée assise, mais au bout de quelques minutes, se redressant de toute sa hauteur :

— Vous voulez la guerre, M. Dubret, eh bien! soit... La guerre... Ah! je vous permets vos distractions et vous m'enlevez les miennes... non pas... je vous souffre votre Madeleine... laissez-moi donc coqueter avec M. Anatole, si bon me semble. Pauvre jeune homme! mais demain...

Et, suivant l'exemple de son mari, elle se retira dans sa chambre à coucher.

Le lendemain soir, M. Dubret rencontrait au foyer de l'Opéra une main bien gantée et un sourire fort gai qui appartenait à notre ami Anatole.

— Comment! c'est vous?

— Mais oui... pourquoi pas?...

— On m'avait dit que...

— J'étais à Clichy... c'était vrai... mais on en sort... quand on paye.

— Et?...

— Et j'ai payé... Comment va madame?...

— Très-bien, merci...

— Vous rentrez dans votre loge : seriez-vous assez bon pour m'y donner une place? dit Anatole avec flegme... je suis très-mal placé...

— Volontiers.

Puis, bras dessus, bras dessous, Anatole très-froidement aimable, et Dubret semblable à un bœuf qui a reçu un premier coup de masse, se dirigèrent vers la loge de madame Dubret, qui les accueillit avec la plus grande et la plus joyeuse surprise.

Le soir même, Dubret, en rentrant, trouva une lettre ainsi conçue :

« Monsieur,

» J'ai l'honneur de vous prévenir que je tiens à
» votre disposition les quatre mille francs de la lettre

» de change que vous savez : si nous avions su, » vous auriez pu faire une meilleure affaire : il » paraîtrait que notre jeune homme a hérité ou » s'est raccommodé avec son oncle, car on a retiré » tous les titres que j'avais dans mon étude. C'est » une perte de vingt-cinq mille francs *manqués à* » *gagner* (1).

» Agréez, Monsieur, etc.

» FRANCOEUR,

» Huissier près le tribunal. »

C'était le coup de grâce pour le malheureux.

Plus d'apparence de se soustraire à ce cauchemar, à cette chenille, à cette ombre fatale qui le poursuivaient même pendant son sommeil.

Madame Dubret, qui n'accordait qu'une médiocre attention aux souffrances de son conjoint, était au contraire d'une gaieté folle.

Ceci dura un mois.

Un jour, elle reçut un coffret en bois de rose, produit artistique de Tahan, dans lequel étaient quatre mille francs, et ces mots sur un morceau de papier : « Merci. » En même temps le domestique mettait sur la cheminée deux lettres de faire part, pour elle et son mari.

(1) Style d'huissier.

« M. le comte de Longpré a l'honneur de vous
» faire part du mariage de M. Anatole de Longpré,
» son neveu, avec mademoiselle Louise de Gerta ;

» Et vous prie d'assister à la bénédiction nuptiale
» qui leur sera donnée le samedi 14 décembre 18 ,
» en l'église de la Madeleine, leur paroisse. »

Le même soir, madame Dubret témoigna à son
mari le désir qu'elle avait de passer l'hiver en Italie.

Dire que l'époux y consentit, en est-il besoin !...

Ils partirent à l'heure du mariage.

Seulement les rôles avaient changé. — Madame
Dubret était très-pâle, — Dubret rayonnant.

L'était-il ?

UNE SUITE.

— Ah çà, mais, nous sommes treize ?

— Allons donc !

— Dame ! compte, six hommes et sept femmes.

— C'est impossible !

— Je ne dis pas non, mais ça est.

— Voyons, mais Albert n'est donc pas là.

Ceci se passait entre trois membres masculins d'une société qui se trouvait dans le salon rond du café Anglais.

— Albert va rentrer.

— C'est égal, cela m'ennuierait d'être treize.

— Je vous demande mille pardons, messieurs,

cependant nous serons treize, interrompit une voix de femme.

— Ah ! c'est toi, *la Funeste*.

— Pardon, monsieur de Kloarec, reprit-elle en se redressant de toute sa hauteur, je ne tutoie que mes amants, et je ne crois pas, que je sache, vous avoir jamais vu dans mon lit ; mais c'est égal, nous serons treize, car M. Albert de Montquy vient d'être mis à la porte par votre très-humble servante.

— Pourquoi ? dit Lucien.

— Ce n'est pas un homme, ça, c'est un poussah de Nuremberg, et je n'en veux pas. Ah çà, messieurs, pour qui donc me prenez-vous ? suis-je une fille de portière, pour que vous me croyiez aussi peu d'intellect ? Donnez-moi des cavaliers jeunes, beaux, riches, spirituels, ayant un blason honnête, je ne les aimerai probablement pas, mais je les supporterai, ils m'aimeront pour deux. Georges, dit-elle en s'adressant à l'un des jeunes gens, donnez-moi du champagne, j'ai soif ; puis élevant la coupe en l'air :

— Et voilà pourquoi votre fille est muette, hasarda un des auditeurs.

— Non, voilà pourquoi nous serons treize.

— Savez-vous, messieurs, que depuis quelque

temps l'humeur de Fanny est devenue d'un fantasque impossible à décrire. Elle est encore plus mordante et plus capricieuse que devant, et tout à l'heure la vie ne sera plus tenable avec elle.

Il n'y a qu'un instant, elle était au mieux avec Albert, et voilà qu'elle le chasse. Et regardez donc, Lucien de Maune est tout hébété et ne sait plus que faire de lui. Mon cher, tu n'es pas au bout, et si tu te laisses prendre, gare à toi.

— Tiens, une chaise de poste, dit une femme sur le balcon.

— Moi ! allons donc, dit Lucien d'un air embarrassé, c'est une plaisanterie !... Dieu me garde d'y songer.

Fanny lui jeta un regard de côté, et, ramenant ce regard qu'elle fronça sur celui qui venait de parler, elle allait probablement lui repondre par une malignité pointue, lorsqu'un incident heureux pour lui vint faire diversion.

— Treize ! vous vous trompez, dit la porte en s'ouvrant, car mes fourrures et moi, nous comptons pour deux.

Le nouvel arrivant avait raison : bottes fourrées, peau d'ours et casquette idem, doublaient son volume; on le regardait sans le reconnaître; les

12.

oreillettes de sa coiffure rabattues, son collet re-
levé, empêchaient de distinguer autre chose de
son visage que la pointe aiguë de sa proéminence
nasale.

— Tiens, dit-il en se jetant dans un fauteuil, je
suis en pays de connaissance féminine. Ça, Marguerite! Marie! Blanche! Tôt! venez me tirer mes
bottes.

Et il étendait avec complaisance ses pieds vers les
femmes, qui le regardaient ébahies.

— Ah çà, qu'avez-vous à me regarder ainsi?
suis-je donc tant changé que vous ne me reconnais-
siez pas? me croyiez-vous donc mort? Voyons, mes
petits enfants, tirez-moi toujours mes bottes. J'ôte-
rai ma casquette et vous saurez après qui je suis.

Et, joignant le geste à la parole, il la dénoua
et la jeta en l'air.

— Maxime! exclama tout le monde.

Et en un clin d'œil ses bottes de voyage furent
ôtées et sa peau d'ours jetée au loin, grâce au concours actif de trois paires de blanches mains.

— Que veux-tu?

— Que t'est-il arrivé?

— Du champagne?

— Non, un verre de madère!

— Je sais ce qu'il lui faut, moi, un verre de Chartreuse !

Et l'on s'empressait autour de lui, et l'on n'entendait pas la femme blonde murmurant, accoudée sur le divan où elle était étendue :

— Lui! c'est lui!

Alors Georges, prenant Maxime par la main, le conduisit vers elle en lui disant avec un sourire à deux teintes :

— Mon cher Maxime, voici la dame de tes pensées.

— Mais, dit Maxime en s'asseyant à ses pieds et en lui baisant la main, si Fanny ne l'est plus, elle l'a été. Oui, ma chère, continua-t-il en la regardant avec une fixité tranquille, je suis revenu guéri; ce n'a pas été sans peine, par exemple. Six mois de Vendée, c'est dur, je l'avoue, et j'emportais d'ailleurs là-bas un fardeau pesant à mon esprit, un amour tenace en diable. Voyant que je ne pouvais m'en débarrasser, je lui ai mis un beau jour une pierre au cou, je l'ai noyé dans la Sèvre, et maintenant c'est chose faite. Allons, mes bons camarades, et vous, charmantes folles, buvons gaiement à la mort de mon amour.

Et tous reprirent joyeusement :

— Buvons...

Et on but, et on rit ; puis, sur ma foi, on fit bien d'autres choses.

Fanny, qui d'ordinaire, par ses sarcasmes et ses saillies amères, donnait le branle à toutes les excentricités, était restée sur son divan. On avait commencé par s'en inquiéter de prime-abord, mais, comme *la Funeste* était assez singulière, on avait fini par l'abandonner à ses méditations.

Tout à coup, Maxime se leva.

— Messieurs, une motion importante ! s'écria-t-il.

— Écoutez, écoutez la motion !

Et un silence semblable à du tapage se fit dans l'assemblée.

— Il me semble, mesdames et messieurs, continua Maxime, qu'à mon arrivée vous regrettiez vivement d'être treize.

— Ça ! c'est vrai, dit Blanche, jolie brune à la mine éveillée, et tu es arrivé, mon petit, comme *Mars en calèche.*

Un éclat de rire homérique parcourut la partie mâle de l'assemblée.

— Silence ! messieurs, exclama Maxime, j'ai la parole.

— C'est vrai, il a la parole.

— C'est toujours Marguerite qui cause avec Raoul.

— Oh ! peut-on dire !...

— N'importe, soyons généreux ; je leur pardonne, poursuivit Maxime ; eh bien, pour continuer, je disais que s'il vous était désagréable d'être treize, nous étions encore treize à table, puisque la belle des belles a refusé de s'y mettre avec nous. Or, treize à table, c'est ?...

— Un mort dans l'année.

Et les femmes pâlirent, et les hommes burent, les uns pour cacher une frayeur secrète, d'autres par bravades, et le silence se fit profond cette fois-là.

— Aussi, pourquoi parler de mort ? dit Margot.

— C'est Maxime.

— C'est moi ; mais pourquoi... Voilà où je voulais arriver, mesdames et messieurs... c'est parce que je voulais parier que d'ici à cinq minutes nous serions quatorze... Que dis-je, cinq minutes ! trois minutes.

— Dix louis que non, dit Raoul.

— Tenu... Lucien ! regarde l'heure.

Alors, Maxime se leva et s'approchant de Fanny, lui dit quelques mots à voix basse.

Pendant quelques secondes, celle-ci le regarda,

ses sourcils se froncèrent, puis tout à coup ses traits
se détendirent comme par magie, un joyeux sourire
vint se jouer dans les fossettes de ses joues, et ce
fut avec entrain que, saisissant une coupe remplie
d'un liquide de rubis et d'opales, elle s'écria :

— Buvons à la mort de l'amour de Maxime!...
Seulement elle ajouta :

— Je suis bonne catholique, et je crois à la résur-
rection.

— C'est un article de foi chrétienne que vous pro-
fessez là, mignonne, et rappelez-vous que Cupidon
est un dieu païen, répondit gaîment Maxime...

— Ce qui veut dire?...

— Que votre croyance est peut-être un peu...

— Prétentieuse?... allons, dites le mot.

Maxime ne répondit qu'avec un sourire. Fanny
continua :

— Mais je vous renvoie l'apostrophe, car qui vous
dit que je parle de vous?

— Dans ce cas, c'est du paganisme que vous parlez, et alors, ô ma prêtresse ! confessez Vénus !

Fanny se mordit les lèvres, et, pour cacher son
dépit, porta de nouveau à sa bouche son verre plein
de champagne qu'elle faillit broyer entre ses dents.

— Allons, allons, pas de personnalités. Nous ne

sommes pas ici à la chambre des représentants.

Ce fut, du reste, la seule pointe que Maxime se permit à l'égard de Fanny, car durant le souper, qui se prolongea assez avant dans la nuit, celle-ci, au milieu des folies qui s'y débitèrent, ne laissa passer aucune occasion de lancer à Maxime des épigrammes auxquelles celui-ci répondit en homme d'esprit qu'il est, mais avec une exquise galanterie, et d'un ton assez dégagé pour prouver qu'il avait recouvré toute la plénitude de ses facultés intellectuelles, dont un cerveau épris ne dispose pas toujours à son gré.

Vers trois heures du matin, le joyeux troupeau se sépara ; les dames réclamèrent alors des bras pour les reconduire, et Fanny vint demander à Maxime s'il voulait être son cavalier.

— Comment donc ! tout à vos ordres.

Ils descendirent, et sur le boulevard, trouvèrent la voiture de Maxime, dont celui-ci fit les honneurs à Fanny avec une grâce trop parfaite pour que celle-ci n'y démêlât pas un peu d'ironie.

Seulement elle voulait aller jusqu'au bout, croyant que Maxime avait joué en public un rôle dont il reviendrait dans le tête-à-tête.

Mais ils étaient arrivés à la porte de Fanny, et pas

un mot n'avait été échangé entre eux, pas un geste ne dénotait chez Maxime la moindre intention de démentir son attitude pendant toute la soirée qui venait de s'écouler.

Il descendit de voiture, sonna le concierge, tendit la main à Fanny pour l'aider à descendre, et se préparait à remonter dans son coupé lorsque celle-ci lui pressant violemment le bras :

— Je ne veux pas que vous me quittiez ainsi, lui dit-elle, les dents serrées par la rage, vous allez monter chez moi !

— Oh! pardon, ma toute belle, reprit Maxime en se dégageant doucement de l'étreinte de Fanny, nous n'en sommes heureusement plus à ce temps où un désir de vous était un ordre pour moi ; vous vous trompez de date.

— Vous avez raison. Eh bien, je vous prie de m'accompagner jusqu'à mon appartement.

— Si vous y tenez, je le veux bien; mais vous avez tort.

— Sans doute, j'y tiens.

Ils montèrent; Fanny ouvrit la porte de sa chambre à coucher et y entraîna Maxime.

— Voulez-vous m'expliquer ce que signifie tout ce que vous me dites depuis ce soir ?

Maxime regarda Fanny d'un air étonné.

— Je vous ferai remarquer que j'arrive de voyage et que par conséquent je suis très-fatigué. Dès qu'il vous plaira de me rendre ma liberté, je vous serai infiniment reconnaissant; j'ai besoin de repos.

Pour expliquer cette situation étrange et tout ce qui va suivre, il est nécessaire de jeter un coup d'œil rétrospectif qui nous montrera quelles avaient été les relations de nos personnages et dans quelles conditions ils se trouvaient l'un vis-à-vis de l'autre.

Maxime de Lostanges, alors dans toute la splendeur de son beau temps, était ce garçon que nous connaissons déjà, aux belles manières, à l'esprit distingué, et l'un des chefs de cette brillante pléiade de jeunes gens donnant le ton et imposant la mode.

Vers la même époque on parlait beaucoup, dans le monde interlope des coulisses de l'Opéra et des petits soupers de la Maison-d'Or, d'une jeune et jolie impure, qui, ayant gravi la montée Notre-Dame de Lorette, avait établi son *sanctum sanctorum* au point le plus culminant de cette contrée de satin et de velours, de bure et de calicot, d'or et de diamant, de strass et de gros sous, mixture d'éléments hétérogènes, formant, dans le grand archipel pa-

13

risien, ce qu'on est convenu d'appeler le pays Bréda.

Peu de jours avaient suffi pour lui établir une réputation hors ligne. D'où venait-elle ? on l'ignorait, ou à peu près. Quelle était son origine ? Était-elle fille de portier ou duchesse égarée ? on ne savait ! Seulement, elle avait de l'éducation, de l'élégance ; elle était jolie, et surtout avait de l'esprit, mais un esprit caustique et mordant ; parfois méchante quand son caprice était contrarié, elle devenait impitoyable lorsqu'on l'attaquait.

S'abritant sous son inviolabilité féminine, cette femme avait les excentricités les plus incroyables, les impertinences les plus sanglantes, le dédain le plus insultant. Il fallait être très-fort ou très-ivre pour oser se mesurer avec elle sur le terrain des personnalités ou du persiflage, exercice dans lequel elle excellait et où on était presque toujours vaincu.

Il paraît que son amour ou ses enchantements, comme on voudra (car elle n'avouait pas l'amour, étaient terribles dans ses résultats, puisqu'on lui avait donné ce surnom fatal, *la Funeste*, qu'elle avait accepté, sans même chercher à en contester l'application.

Un jour Maxime de Lostanges, qui revenait d'un voyage assez long, entendit parler d'elle et désira la

connaître. Quelques détails de manières, d'habitudes
et d'esprit lui faisaient croire à une similitude entre
cette femme que l'on nommait Fanny et une autre
Fanny qu'il avait connue jadis : il voulut s'assurer
que c'était la même.

Oui, c'était bien Fanny, cette gracieuse créature
qu'il avait vue si aimée d'Henri de Simeuse, si ai-
mante pour Henri : c'était bien cette femme, dans
l'amour de laquelle Maxime avait tant de foi, que,
lors de son aventure avec de Metz, il avait refusé d'y
croire et que l'évidence seule avait pu le convaincre
de cette trahison.

Henri était parti à la suite du souper de la Maison-
d'Or, et n'était pas encore revenu. Maxime non plus
n'avait pas revu Fanny depuis ce moment, et l'avait
presque oubliée, lorsqu'il la retrouva, ainsi que nous
venons de le dire, régnant despotiquement sur les
écervelés qui fournissent chaque année leur contin-
gent à l'armée des bataillons d'amants dont ils sont
en même temps les fournisseurs, au grand détri-
ment de la bourse paternelle, ébréchée par avance
d'hoirie.

Fanny ne ressemblait plus à elle-même : au physique, elle était toujours belle, mais un certain embonpoint avait un peu épaissi sa taille naguère si

svelte et si fine; son grand œil bleu, si doux autrefois, avait des hardiesses de regard qui embarrassaient; sa désinvolture, des lascivetés provoquantes qui faisaient tourbillonner le sang au cerveau.

Au moral, c'était toujours le même esprit vif et pimpant, à la repartie prompte et facile, mais dont parfois les finesses s'émoussaient sur un sujet de mauvais goût; et d'ailleurs, au lieu de le faire briller pour éclairer et réjouir, elle l'embrasait pour aveugler et étourdir.

Lorsqu'il la revit ainsi, Maxime éprouva un sentiment pénible; il lui répugnait d'avoir à mésestimer cette créature qu'il s'était plu si longtemps à admirer, et dont, tout en la blâmant, il avait plaint la première faute, tant il était persuadé que ce n'était pas l'instinct d'une mauvaise nature qui l'avait fait succomber.

Aussi le souvenir de la première phase tranquille et douce de la vie de Fanny, prédisposait admirablement Maxime à l'aimer, et à l'aimer plus ou mieux que les autres, c'est-à-dire à croire qu'il saurait faire vibrer en elle des cordes éteintes, à faire parvenir à son cœur, enseveli sous l'éboulement d'une corruption prématurée, les divines harmonies du Sauveur.

Il l'entoura des mille prévenances que la plus
tendre sollicitude peut imaginer ; procédant envers
elle comme si elle eût été pure, il essaya de la ramener à son passé, si transparent et si calme ; sa
délicatesse voulait effacer les épisodes intermédiaires
entre ce passé et le présent.

Tous ces soins furent inutiles, rien n'était plus
chez cette femme, elle ne comprit pas ; s'il avait pu
être ridicule, Maxime le fût devenu.

D'un caractère déterminé, il prit bientôt son parti,
et, comme il ne voulait pas faiblir, s'en alla un
beau jour dans ses terres de Vendée, où il passa
six mois, au bout desquels nous l'avons vu revenir,
et cette fois parfaitement guéri.

Seulement il était arrivé ceci : tant que Maxime
avait été là, Fanny lui avait fait souffrir des tortures morales de tout genre, en s'en faisant une
sorte de gloire ; quand elle le vit partir, elle lui
souhaita intérieurement bon voyage, et ne parut
plus s'en occuper. Mais qui peut analyser les sen-
sations féminines ? Dans le dernier mois de l'absence
de Maxime, Fanny devint chaque jour plus difficile
dans ses relations ; elle était parfois d'une tristesse profonde dont elle sortait pour être plus folle
que jamais. Elle voulait se cacher à elle-même

une vérité triste; par un retour compréhensible,
elle aimait Maxime de ce second amour qui est
chez certaines natures plus impérieux, plus vif,
plus entier que le premier. Elle s'avouait son indi-
gnité, et le soir où nous sommes, elle était forcée
de se convaincre d'une chose qu'elle avait redoutée :
Maxime non-seulement ne l'aimait plus, mais encore ses yeux la voyaient telle qu'elle était, c'est-
à-dire déchue à tout jamais du droit d'inspirer à un
honnête homme un sentiment quelconque, fût-ce
même la pitié.

Maxime savait tout.

Elle eut le vertige, et n'espérant plus parler à ses
sentiments, elle voulut au moins exciter ses sens.

— Vous êtes fatigué, je le conçois; mais n'avez-
vous pas là tout ce qu'il faut pour reposer? Ce lit
en vaut bien un autre, je suppose.

Maxime ne répondit rien et alluma tranquillement un cigare.

Fanny, en un tour de main, s'était dévêtue; il n'y
avait plus que la fine batiste de sa chemise qui dé-
robât aux yeux de Maxime son corps onduleux,
dont les formes luxuriantes étaient à peine dissi-
mulées sous la transparence du tissu flottant et
léger.

— Allons, beau ténébreux, finissons cette plaisanterie; le rôle de Joseph est hors de propos en ce moment.

Et, s'approchant de Maxime, elle l'enlaçait d'un regard si ardent, si provocateur, que ce dernier sentit un frisson parcourir tout son être.

Il tressaillit.

Elle souriait, la fascinatrice.

— Oui, c'est vrai, se mit-il à dire en passant la main sur son front chargé de sueur; je suis un homme, après tout, et vous êtes belle.

Puis, examinant autour de lui la chambre à coucher où ils se trouvaient :

— Habituellement, murmura-t-il, c'est moins beau. On donne vingt francs; mais ici, il y a du linge propre, ça vaut bien deux louis.

Et tirant de sa poche deux pièces d'or, il les jeta sur un guéridon.

Fanny poussa un rugissement de fureur auquel Maxime répondit froidement :

— Je vous l'avais dit, vous avez eu tort de m'obliger à monter chez vous.

Et il sortit, en disant à la femme de chambre :

— Je crois que votre maîtresse a besoin de vous.

Puis, il se fit conduire à son hôtel, se coucha, et dormit d'un sommeil fort paisible.

Il était midi lorsque son valet de chambre vint le réveiller, en lui disant qu'une dame insistait pour lui parler, et qu'elle ne voulait pas attendre.

Il se leva, revêtit une robe de chambre, et passa dans son salon, où il trouva Fanny.

— Qui me procure, madame, l'avantage de vous recevoir chez moi aujourd'hui? lui demanda-t-il avec politesse.

Puis poussant le ressort d'un timbre. —Vous permettez que je dise deux mots à mon valet de chambre.

Elle s'inclina sans répondre.

Le domestique entra. Maxime lui dit quelques mots à voix basse, — et, se retournant du côté de Fanny, — il attendit.

Celle-ci parut faire un effort, et enfin elle lui dit :

—Pourquoi m'avez-vous insultée, Maxime? c'est mal, ce que vous avez fait là ! c'est indigne d'un homme bien né.

—Moi, je vous ai insultée ! pensez-vous bien à ce que vous dites, madame? Croyez-vous qu'un homme comme moi puisse insulter une femme comme vous? Allons donc, c'est impossible !

— Vous êtes impitoyable, monsieur, vous qui disiez m'aimer.

— Oh! si nous exhumons les morts, ma partie sera belle; vous savez mieux que personne qu'il ne faut pas croire tout ce qu'on dit. Je vous ai aimée, c'est bien possible; mais, parole, j'ai oublié; c'est encore un verbe que vous devez connaître, celui-là!

— Monsieur, dit le domestique en passant la tête entre les deux portières, c'est la femme que monsieur a fait demander.

— Bien! faites entrer. Vous permettez, madame?

La nouvelle venue était une femme d'une physionomie impossible, d'un âge problématique, d'une tenue indescriptible comme celle d'une marchande à la toilette.

C'en était une.

Elle se confondit en saluts trop souvent répétés, auxquels Maxime mit fin en allant chercher dans un petit meuble de Boule, une petite cassette qu'il mit sur la cheminée.

A sa vue, Fanny tressaillit.

— Vous avez quelque chose à vendre, monsieur? dit la marchande.

— Oh! presque rien; tenez, voilà; et Maxime

13.

tira de la boîte un gant dépareillé, un mouchoir brodé et tout fripé, et un bouquet fané.

— Comment! ça? dit la femme en avançant dédaigneusement les lèvres. Monsieur a envie de plaisanter.

— Pas le moins du monde, je vous prie. Voyez donc, ce gant est d'une belle qualité, vous pourrez le rassortir. Ce mouchoir, regardez-le, est très-élégant; ce bouquet, passons-le pour mémoire, si vous voulez; en somme, combien tout cela vaut-il?

— Ça n'vaut pas grand chose, fit la marchande en regardant avec le soin qui caractérise ces sortes de gens, les objets qui lui étaient présentés. Nous connaissons ça, nous autres, c'est des *souvenirs*, et...

— Fort bien, nous y sommes, des *souvenirs!* Diable! mais il me semble que vous parlez légèrement de choses fort précieuses; qu'en dites-vous, madame? continua Maxime, en s'adressant à Fanny.

Mais elle, pâle, interdite, ne répondit rien.

— Précieuses, dit la marchande, c'est possible; mais quand on veut les vendre, on déprécie soi-même la marchandise.

— Allons au fait. Combien m'en donnez-vous? nous y joindrons le coffret.

— Ah ! le coffret, c'est différent. Le coffret, j'en donne dix francs.

C'était une admirable boîte de marqueterie qui valait bien cinq louis.

— Et du reste ?

— Mais, monsieur, ces babioles-là, ça ne se taxe pas....

— Je veux précisément que cela soit taxé. Voyons, combien le mouchoir ? cinq francs ?

— Ah ! bien oui, plus souvent ! quinze sous.

— Quinze sous, soit. Et le gant ?

— Écoutez, monsieur, j'emporte tout, et je vais vous compter onze francs dix sous ; et encore, c'est payé bien cher.

— Marché fait !

Puis la marchande à la toilette tirant péniblement de sa bourse sordide deux pièces de cinq francs et quelque menue monnaie, qu'elle déposa sur un meuble, prit la cassette, et se retira en marmottant :

— C'est trop payé, en conscience, c'est trop payé !

Maxime et Fanny restés seuls, il y eut un moment de silence.

Ils étaient pâles tous deux, seulement il était visible que Fanny faisait des efforts inouïs pour retenir les larmes qui noyaient le globe de ses yeux.

Maxime s'approcha de la fenêtre dont il écarta les rideaux, et se mit à dire, comme se parlant à lui-même :

— C'est étrange ! il y a quelques mois à peine, je n'aurais pas donné, pour l'équivalent de ma fortune, ce que je viens de vendre tout à l'heure quelques sous, et voilà que ces objets, auxquels j'avais eu la sottise d'attacher une sorte de culte, sont devenus la propriété de cette ignoble femme, qui songe déjà quel bénéfice elle pourra réaliser sur le marché qu'elle vient de faire, ou qui va peut-être les jeter dans la rue. Qu'est-ce, après tout, pour elle ? Rien, moins que rien, la matière, et voilà tout ; ce qui la gênera, elle va s'en débarrasser. — Dieu me pardonne, j'ai dit vrai ! — Pauvre bouquet de fleurs fanées ! toi à qui je m'efforçais de trouver un arôme chaque jour plus suave, quand au contraire j'aurais dû m'empoisonner en respirant avec délices tes parfums envolés ; te voilà maintenant mêlé aux immondices du ruisseau ; et le chiffonnier lui-même dédaignera tes branches flétries pour en orner le panier qu'il porte sur son dos ! Pauvre gant ! si mignon à te voir qu'on eût juré que jamais main de femme n'avait pu en être recouverte, te voilà maculé de boue, et personne ne songera à te ramasser !

Elle garde le mouchoir! C'est juste, elle peut encore en tirer parti ; quelque fille perdue trouvera le moyen d'essuyer de fausses larmes avec cette même batiste qui m'a servi, à moi, à dévorer celles que me causaient les tortures morales que me faisait éprouver cette femme!

En effet, par le rideau entr'ouvert, on apercevait dans la rue la marchande vidant le contenu du coffret au coin d'une borne ; mais qui, se ravisant, était retournée prendre le mouchoir et le réintégrait dans sa boîte.

Maxime se mit à rire amèrement, et, se retournant du côté de Fanny :

— N'est-ce pas que c'est étrange?

Ces pleurs si longtemps retenus coulaient abondamment le long des joues de *la Funeste* en inondant son visage pâli.

— Oh! dit-elle, vous n'avez aucune pitié! quand vous me voyez demander grâce, vous m'accablez encore.

— Grâce! pitié! me demander cela à moi. Oh! que vous avez tort! Tenez, madame, je voulais me conduire envers vous comme si je ne vous eusse jamais connue ; je me devais à moi-même l'oubli de ce que vous êtes, puisqu'il m'a fallu oublier ce que

vous étiez. Pourquoi êtes-vous venue? je ne vous
cherchais pas, moi. Eux aussi vous ont demandé
grâce et pitié. Qu'en avez-vous fait? où sont de Metz,
de Rieux et de Marsac? Quand, à mon tour, je vous
implorais, non pour obtenir la possession de votre
corps, chose vénale, estampillée, expertisée, mais
pour vous ramener dans une route d'où je vous
croyais simplement égarée, comment avez-vous répondu à mes supplications, à mes prières? Vous
ne dites rien, ange déchu, vous voyez que je vous
échappe, et cette proie dédaignée, vous la convoitez
aujourd'hui.

Oh! je vous comprends! Je vous connais maintenant. Henri, vous vous le rappelez, Henri, n'est-ce
pas? Que vous avait-il fait aussi, celui-là? Henri
ayant eu le bonheur de vous fuir, il fallait complé-
ter votre hécatombe à je ne sais quels dieux infer-
naux, et vous me trouviez gibier bon à prendre.
Erreur, madame, erreur profonde. Vous avez été
surnommée *la Funeste*, et vous n'avez, jusqu'à présent, que trop bien justifié votre réputation ; mais
si vous avez d'autres victimes à faire, ne comptez
ni sur moi, ni sur mes amis. Je n'ai plus rien à
vous, ajouta-t-il, prenant sur le guéridon la monnaie qu'y avait laissée la marchande, et en la jetant

sur les genoux de Fanny. Cet argent impur doit retourner à sa source d'infamie ; je ne vous hais même
pas, je vous méprise. Nos comptes sont réglés.

Les larmes de Fanny ne coulaient plus ; ses yeux
rouges, mais desséchés, étaient venimeux en regardant Maxime ; sa bouche pâle et menaçante bavait
la menace lorsqu'elle lui répondit en se levant :

— Et moi, monsieur ; je vous hais. Quant à nos
comptes, vous vous êtes trompé ; ils ne sont pas encore réglés. Je me vengerai.

Et elle sortit.

Maxime dédaigna de répondre ; seulement, lorsque son domestique, qu'il avait sonné, vint lui demander ses ordres, il lui dit tout simplement :

— Baptiste, reconduisez madame.

Lucien de Maune, qui venait d'être produit dans
le monde, était, à cette époque, un jeune homme de
vingt-deux ans à peine, riche, appartenant à l'une
des meilleures familles de l'Anjou ; il était petit de
taille, brun, aux cheveux bouclés naturellement. Sa
bouche d'adolescent montrait, à la parole ou au
sourire, une rangée de dents d'une blancheur
éblouissante. Il ne manquait ni d'esprit, ni de jugement, deux choses fort distinctes ; mais, en somme,
c'était un provincial peu initié encore aux mystères

de la vie parisienne. Aussi, lorsqu'il se trouva lancé dans le tourbillon de ce monde inconnu à son inexpérience, le prisme l'éblouit, et les tentations qu'il donne le trouvèrent faible parfois ; c'est une école dont aucun n'est exempt, heureux quand on n'en sort pas, comme on dit en style de collége, *fruit sec*, c'est-à-dire, sans avoir fait son profit des exercices de la vie pratique. Comme tous les jeunes gens, Lucien avait l'imagination ardente, le sang chaud, les aspirations nobles et chevaleresques. Il s'échauffait aisément, sans songer qu'il est des causes impossibles à défendre, et que des luttes qu'elles provoquent, sortît-on vainqueur, on perd toujours à les soutenir une certaine somme d'illusions ou de valeur personnelle.

Il ne faut pas se faire le champion de toutes les causes qui se présentent, c'est métier de dupe si l'on est de bonne foi, ou immoralité, et dans ce cas tout au plus bon pour un avocat.

Par les mêmes motifs, Lucien n'avait pu se trouver dans la société des femmes où ses amis ne manquèrent pas de le conduire, sans que son cœur battît la chamade, sans que son esprit se troublât ; et n'eussent été les conseils judicieux qui lui furent prodigués pour éviter de tomber, mouche trop fa-

cile à prendre, dans les toiles de nos modernes arach-
nés, il eût volontiers accepté les amours faciles qui
naissaient sous ses pas, pour l'expression sincère des
élans de l'âme, mue par une attraction invincible.

Naïve simplicité, heureusement assez tôt froissée,
pour ne pas résister à une ou deux épreuves qui,
étamant d'une couche réfrigérante les jeunes et ten-
dres cœurs, ne tardent pas à les rendre moins faciles à vaincre.

Et cependant, ils ne sont pas si bien cuirassés,
ceux-là mêmes qui ont vécu vite, pour que d'au-
cuns, réputés des plus forts, ne se laissent encore
prendre parfois, tant l'humaine nature est faible, et
tant les artifices féminins ont de puissance subtile,
témoin Maxime de Lostanges et Fanny.

Or, Maxime était certainement d'une expérience
éprouvée.

Et Lucien, lui, d'une candeur de première force.

Aussi n'est-il pas étonnant que les dissections
morales auxquelles il assistait presque chaque jour,
le trouvassent prêt à douter bien moins de la sanité
des sentiments anatomisés, que de la bonne foi des
opérateurs.

Nous le répétons, ici ce n'est pas la théorie qui
convainc, c'est la pratique qui prouve.

Fanny, avec tout le prestige qui l'entourait, avec son originalité, son humeur fantasque, son esprit épigrammatique, ses saillies mordantes, aidée même par sa réputation mystérieuse et fatale, Fanny avait trouvé dans Lucien une âme aisée à subjuguer, et quoi que celui-ci en eût dit pendant le souper au café Anglais, il était tout bonnement amoureux fou de *la Funeste*.

Mais Fanny, nous devons le dire, n'avait pas jusque-là daigné faire attention à Lucien, qui en était réduit à soupirer tout bas.

Cependant, huit jours après la scène que nous avons racontée tout à l'heure, on donnait une représentation extraordinaire à l'un de nos principaux théâtres.

Fanny était, ce soir-là, dans une loge d'avant-scène qu'elle avait retenue pour elle seule; elle y était avec sa femme de chambre, retirée sur le second plan, et paraissait prêter une attention soutenue à ce qui se passait sur la scène. Il y avait juste une semaine qu'on ne l'avait aperçue nulle part; elle avait, disait-on, passé quelques jours à la campagne, et, dans tous les cas, sa porte avait été fermée à tout le monde.

On la connaissait ; sa présence produisit une cer-

taine sensation sur les hommes, amateurs de ces
sortes de célébrités ; sur les femmes, toujours cu-
rieuses de voir celles qui y ont donné lieu, les cri-
tiquant, les jalousant, les étudiant, et même les
copiant.

Peu d'instants après l'arrivée de Fanny, quelques
jeunes gens, au milieu desquels on distinguait nos
amis du souper anglais, vinrent faire irruption dans
la salle, cherchant à se caser dans les fauteuils restés vides encore à l'orchestre déjà encombré ; tous
ne purent se placer, et il y en eut qui se trouvèrent
réduits à rester sur des tabourets auprès de la porte.
Parmi ceux-là se trouvaient Lucien de Maune et
Maxime de Lostanges.

A la vue de ce dernier, que Fanny avait été forcée d'apercevoir, les jeunes gens ayant occasionné
un peu de tumulte à leur arrivée, il passa dans ses
yeux un éclair qui les alluma d'un feu sombre, et
une légère rougeur anima son visage, habituellement pâle.

On prétend que certains regards ont une influence
maligne sur les individus qu'ils fixent ; si Fanny
avait été douée de cette faculté magnétique, nous
pouvons affirmer que Maxime se fût trouvé, sous ce
coup d'œil, dans une situation fort triste.

Mais jusque-là, tout se réduisait à une simple manifestation d'hostilités.

Maxime ne parut pas faire attention à Fanny ; il regarda sa loge, mais sans s'y arrêter, et comme s'il n'eût pas connu celle qui l'occupait. Quant à Lucien, il la vit parfaitement, et s'il évitait de regarder dans sa loge, ce n'était jamais que lorsque Fanny tournait la tête de son côté.

Or, depuis un moment, Fanny fixait Lucien avec une ténacité assez soutenue pour intimider le jeune homme, qui sentait ce regard peser sur lui, ce qui le gênait horriblement.

Ceci nous est arrivé, à tous tant que nous sommes, qui, dans notre adolescence, avons aimé une femme : quand cette femme était éloignée de nous, quand nous pouvions, dans la solitude, nous permettre toutes les forfanteries que nous suggérait l'imagination, cette femme pâlissait à notre approche, se courbait sous nos regards, succombait à notre voix.

Vanitas vanitatum.—Au moment où nous nous promettions une victoire facile, nous étions les vaincus de cette grande bataille gagnée en expectative ; l'ennemi présent nous fascinait, un je ne sais quoi, participant beaucoup de la bêtise, paralysait nos moyens,

et nous nous retirions confus, jurant que la première occasion serait décisive.

L'occasion ne se représente plus, et le Lovelace
est tout simplement un innocent.

Seulement cette timidité, qui, pour certaines
femmes, possède un charme singulier, est insensi-
blement remplacée par une audace qui, pour certaines autres, ne manque pas non plus d'attraits.

Il est bien entendu que nous ne parlons ici que
des nuances de sentiment dans lesquels la tête a
une participation active à défaut du cœur, ce qui
peut aisément se confondre, et non de cette seule
impulsion que donne l'amour-propre, qui change la
maîtresse convoitée en une valeur cotée en hausse
ou en baisse, selon le plus ou le moins de réputation qu'elle s'est acquise, et l'amant en un capital
qui ne saurait jamais divaguer, et conserve toujours
sa rigidité métallique. Dans ce cas, s'il y a timidité, ce n'est plus qu'une question de fin de mois.

Bien que Fanny se trouvât dans la catégorie de
ces créatures vénales, nous devons cependant dire
qu'il était difficile de se *l'approprier*, car elle ne se
donnait pas précisément (et c'était là une de ses
grandes forces) au plus offrant et dernier enchéris-
seur. Il fallait encore que le marché lui convînt. Or,

il était malaisé de réunir les conditions émises dans le programme mental qu'elle s'était tracé. On le savait, et nous nous rappelons que M. Albert de Montgny, avec ses 100,000 livres de rentes, n'avait pu réussir à se faire ruiner par elle : tout cela explique jusqu'à un certain point, et la vogue étrange dont elle jouissait, et l'ascendant qu'elle exerçait sur Lucien, qui, sans oser en convenir aussi bravement que Maxime, s'en était affolé.

Il est vrai que Lucien n'avait pas les mêmes raisons que Maxime, de faire de son cœur un autel pour y adorer Fanny; ce qui, chez Maxime, n'était qu'une faiblesse très-bien portée, n'eût été pour Lucien, et il le comprenait, qu'un suprême ridicule.

Quand la toile tomba sur le second acte, chacun ayant hâte de respirer un air moins chargé que celui qui circulait dans cette salle remplie jusqu'aux combles, les places se dégarnirent peu à peu, et la foule s'écoula lentement dans les couloirs; les uns allant au foyer, les autres montant ou descendant pour aller présenter leurs hommages à une dame ou serrer la main d'un ami.

Seul, Lucien était resté à sa place lorsque l'ouvreuse vint le prévenir qu'on le demandait à la loge n° 4.

La loge n° 4 était celle de Fanny.

— Loge n° 4? demanda-t-il d'un air étonné.

— Oui, monsieur, là, au premier.

Et l'ouvreuse indiquait du doigt la place de Fanny.

— Chut! fit Lucien en baissant la main de cette femme ; c'est bien, j'y vais.

Et il sortit, se dirigeant du côté où il était appelé.

Il ne savait trop ce que cela voulait dire, et craignait une mystification. — Il paraît que cette loge était restée fermée aux solliciteurs, qui, dès le premier acte, s'étaient présentés pour en obtenir l'entrée.

— Madame désire rester seule, avait répondu l'ouvreuse. Et sur cette réponse, il y avait d'autant moins à insister, que les fantaisies de celle qui l'occupait étaient trop connues pour qu'on s'étonnât de celle-là et qu'on osât passer outre.

Lorsque Lucien arriva, la porte s'entrebâilla, lui livra passage, et se referma aussitôt.

Fanny, retirée dans l'arrière-salon, y était nonchalamment étendue sur un canapé, lorsque Lucien entra : elle lui tendit la main avec un sourire rempli d'une grâce féline.

— Comment, M. de Maune, vous négligez vos

amis à ce point de les obliger de vous faire venir presque de force.

— Comment donc cela? madame.

— J'avais droit d'espérer que vous viendriez au moins prendre de mes nouvelles, et vous n'avez pas eu seulement l'air de vous apercevoir que je fusse là.

— Oh !

— C'est mal, très-mal, et je vous en veux beaucoup.

— Mais, vous aviez refusé d'ouvrir votre loge, et...

— Et vous craigniez de vous exposer à une démarche dont l'inutilité aurait froissé votre amour-propre ?

— Pardon, je n'ai pas dit cela.

— Dans tous les cas, vous voyez que vous vous trompiez. Allons, asseyez-vous, non pas sur ce fauteuil, ici, près de moi, nous allons causer un peu.

Et, se repliant sur elle-même, la syrène ménagea un coin du canapé sur lequel s'assit Lucien, qui ne comprenait pas du tout ce que voulait dire cette faveur accordée à lui seul parmi tous ceux qui eussent été si heureux de se la voir donner.

Il semblait embarrassé et ne savait que répondre,

— Savez-vous que j'ai l'air de vous faire la cour? continua Fanny toujours souriante : ne soyez donc pas interdit comme cela. Qu'y a-t-il d'étonnant à ce que je veuille me désennuyer un peu, et que, pour cela, je désire causer avec quelqu'un ?

— Rien, assurément ; mais, jusqu'à cette heure, vous n'avez pas semblé faire grande attention à moi.

— Qu'en savez-vous ? ai-je donc fait plus d'attention aux autres ?

— Oh ! ça non, vous êtes très-énigmatique, et paraissez, en tout cas, fort libre de vous-même.

— Mon cher Lucien, vous êtes un enfant, vous ne savez pas encore ce que c'est qu'une femme, et quant à ses sentiments, c'est un problème énigmatique, comme vous dites ; surtout les sentiments d'une femme comme moi.

— Je ne vous comprends pas.

— Je le crois bien ! cela viendra plus tard. Est-ce que vous croyez qu'il serait spirituel d'être soi au milieu de vous tous, fous et fats que vous êtes ? mais, mon cher, s'il en devait être ainsi, je commencerais par ne jamais m'y trouver.

— C'est vrai.

— Ne vous arrêtez donc pas à vos impressions premières ; j'analyse bien, moi, faites de même, et vous reconnaîtrez une foule d'erreurs que votre ju-

gement primordial vous aura fait commettre. Tenez,
je vais vous divulguer quelques petits secrets féminins auxquels vous n'avez pas assez prêté d'attention, mais que, venant de moi, vous retiendrez assurément : ce qui nous fait plus fortes que vous, c'est
que nous sommes douées, nous autres femmes,
d'une finesse de perception qui manque absolument
aux hommes, ou ne se développe en eux qu'avec le
temps. Chez la femme, cela s'appelle du tact; elle
naît avec et elle en vit. Chez l'homme, c'est de l'expérience, et il en meurt ; car ce n'est que le produit
de sa vie.

— Vous avez raison, mais je n'ai pas l'orgueil de
prétendre me soustraire à cette loi commune.

— Soit; mais on peut, au moyen du raisonne-
ment, activer les leçons de l'expérience; la vie est
un livre, chaque pas que l'on fait est une page de
ce livre, qu'il ne suffit pas de parcourir avec indifférence, mais qu'il faut même apprendre par cœur.
On épèle d'abord, pour lire couramment ensuite.

— Mais la clef de ce livre ?

— Il y en a plusieurs : la principale, c'est le cœur
des femmes, vous ne pouvez l'avoir encore, et vous
ne l'avez pas, celle-là, puisque vous avez été naïf à
ce point de me dire tout à l'heure que j'étais énig-

matique; c'est trop simple; il n'y a que les imbéciles qui ne le sont pas, et vous en trouverez beaucoup; mais, celles-là, ce ne sont pas des femmes, ce sont des femelles, et je les renie.

— Vous êtes bien sévère.

— Et bien présomptueuse, vous voulez dire. Je suis vraie, d'abord. Quant à la présomption, quel serait donc l'avantage de l'esprit sur la matière, de l'intelligence sur la sottise, si la matière et la sottise n'étaient soumises à l'esprit et à l'intelligence?

Lucien écoutait.

— Du reste, continua Fanny, la sottise n'a pas circonscrit son domaine parmi les femmes seulement, et vous savez ceci, du moins, qu'il y en a quelques-uns de vous qui en tiennent leur bonne part; qu'est-ce que la fatuité, sinon une sottise prétentieuse et ridicule? Ceci ne s'adresse pas à vous, vous n'êtes pas un fat. A moi, il me plaît parfois, pour mon compte personnel, de persifler la fatuité; or, comme elle est à l'ordre du jour, c'est ce qui me fait être avec tous ce que vous me connaissez.

— Avec tous?

— Oui, avec tous; mais non avec vous. Tenez, je vais vous parler franchement et à cœur ouvert : j'ai parfaitement deviné que vous m'aimiez. — Ne m'interrompez pas ; je sais tout ce que vous pourriez me dire à cet égard. — Vous êtes joli garçon, vous avez de la fortune, vous ne manquez pas d'esprit ; votre conquête devrait me flatter ; ai-je rien fait pour l'obtenir ? Non, puisque, de votre aveu, je n'avais jamais paru vous remarquer. Donc, moi, je ne vous aime pas ?...

— C'est probable, fit Lucien avec effort.

— Parfaitement. Une femme comme moi, une courtisane, ne doit avoir ni âme, ni cœur ; un jeune homme, presque un enfant, la voit et l'aime, ou du moins croit l'aimer ! Il est riche, elle doit se jeter à sa tête, lui dire qu'elle l'aime à son tour, et le ruiner. Elle doit faire cela, c'est son métier. Qu'au contraire, cette femme ne veuille pas d'une liaison qu'elle considère comme un vol, comme une mauvaise action ; qu'elle évite cette pente où peut-être elle se laisserait entraîner ; que cette créature s'affuble d'un masque moral qui doit repousser... Allons donc ! cette femme-là n'aime pas. Elle a pu donner ce qui reste en elle de beau et de bon, elle n'aime pas ! elle n'a pas vendu son corps, elle n'aime pas !

— Oh ! qu'ai-je entendu ! répétez, Fanny, répétez ce que vous avez dit là ! s'écria Lucien en s'emparant de la main de Fanny.

Mais elle se dégagea de cette étreinte, et, se levant, elle reprit avec un ton naturel :

— Vraiment, je crois que nous avons fait de la philosophie, et c'est, entre nous, un sujet bien grave. De plus, il me semble que la toile est levée. Décidément, nous nous sommes oubliés ; c'est folie. Tenez, si je ne craignais de vous compromettre, je vous offrirais un fauteuil à côté du mien. Vous êtes si mal placé à l'orchestre ! Mais, sans doute, votre société vous réclame, ne vous gênez pas.

— Oh ! je ne saurais être mieux nulle part qu'auprès de vous.

— Vous avez raison, un homme d'esprit est toujours à sa place auprès d'une jolie femme. Restez donc.

Lucien resta, comme bien on pense ; il reconduisit Fanny chez elle, mais ne put jamais renouer la conversation qu'elle avait si habilement menée et si adroitement interrompue.

— Vous êtes trop exigeant pour une fois, lui disait-elle en le quittant, et d'ailleurs il ne faut pas prendre au pied de la lettre toutes mes divagations. Tout ce que je peux vous dire ce soir, c'est que je veux être votre amie. Revenez donc me voir.

14.

Ce soir-là, Lucien rentra chez lui directement, sans aller au cercle, ni au souper. Il avait, dans la joie de son cœur, besoin d'un peu de solitude pour digérer le bonheur qu'il avait amassé toute cette soirée.

Il en avait au moins pour vingt-quatre heures.

Et puis, il craignait les questions que ne manqueraient pas de lui adresser tous ceux qui avaient vu la scène de la loge; il ne se rendait pas compte de ce qu'il aurait à répondre, et aimait mieux se préparer à soutenir l'assaut de ce qu'il était disposé à appeler la jalousie de ses rivaux.

Quant à Fanny, elle était satisfaite d'elle-même; la soirée n'avait pas été perdue.

Durant les huit jours qui venaient de s'écouler, elle avait dévoré son affront, affront qu'elle ne pouvait pardonner à Maxime, et dont plus que jamais elle voulait se venger.

Elle avait imaginé mille moyens, et les avait abandonnés tour à tour; puis enfin, le soir où nous sommes arrivés, s'étant résolue à sortir de sa torpeur, à se distraire un peu de son idée fixe, elle était venue au théâtre et ne pensait à rien, pas même au spectacle, lorsqu'elle vit entrer dans la salle les jeunes gens, et parmi eux Maxime.

Cette vue la rappela à elle-même et raviva sa haine. Une pensée atroce vint lui traverser le cerveau.

Lucien, le naïf et candide Lucien, serait l'arme dont elle se servirait pour frapper son ennemi.

Il fallait, pour cela, jouer une scène de comédie sentimentale, s'emparer de son esprit, en faire son esclave, et tout cela n'était pas difficile. Lucien aimait Fanny, et serait vite aveuglé par l'amour qu'elle feindrait pour lui.

Se faire voir à lui sous un jour plus favorable, pour le prémunir contre ce qu'on pourrait lui dire d'elle, et peu à peu lui brouiller les idées.

— Voilà mon affaire, pensa-t-elle.

Ce fut alors qu'elle donna l'ordre de refuser la porte à tout le monde, et qu'elle envoya chercher Lucien, qui certes prendrait aisément tout ce qu'elle lui dirait pour monnaie courante et de bon aloi.

—Pauvres fous ! disait-elle en se déshabillant, tous les mêmes ; parlez à leur amour-propre, à leur vanité, la cervelle est bientôt détraquée ; aussi les hommes, je les méprise, je les hais, et ne veux avoir aucune pitié pour eux. N'est-ce pas risible, que cet imberbe écolier, qui vient à peine de quitter le sein de sa nourrice, aille se figurer que je vais l'aimer platoniquement, moi!... Ah ! messieurs, vous m'avez appelée *la Funeste !* c'est bien, je ne faillirai pas à mon titre, je vous en donne ma parole d'honneur.

C'était au cercle : on causait de l'aventure de Lucien et de Fanny, de Fanny que personne ne voyait plus, de Lucien, qui n'avait pas reparu depuis trois jours.

— Décidément, se mit à dire Kloarec, Lucien se dégourdit, il est en bonne voie.

— Oui, ajouta Albert, la voie est large, mais il peut s'y perdre.

— Oh! toi, Albert, tu n'as pas la parole, tu serais partial.

— Si c'est parce que j'ai échoué, ce dont je remercie Dieu, que vous dites cela, lequel de nous ne le sera pas?

— Messieurs, ne discutez pas plus longtemps sur ce sujet, et surtout n'en faites pas une plaisanterie, interrompit gravement Maxime, qui jusque-là s'était abstenu ; les plus heureux ne sont pas les plus favorisés ; il faut plaindre Lucien, si vraiment il est entre les mains de cette femme ; mais ce serait dommage, c'est un enfant, et nous devons tâcher, en bons amis, de le ramener à nous, autrement il est perdu.

— C'est vrai, Maxime en sait plus que nous sur *la Funeste*, et il pourrait bien avoir raison.

— Contez-nous donc cette histoire, Maxime, ça doit être intéressant.

— Oh ! ma foi non ; j'aime autant ne pas remuer cette fange, cela donne des nausées, messieurs. Un bacarat, je taille la banque.

La partie était engagée et chaude.

Lucien entra.

Il tendit la main à toutes ses connaissances.

Maxime la lui serra avec plus d'effusion que les autres, quoiqu'il la lui eût présentée avec une certaine indécision.

— Messieurs, vous faites une belle partie, et j'en veux être ; vingt louis à gauche, dit Lucien, pour débuter.

— Prenez garde, vous êtes imprudent ; n'allez pas si vite en commençant.

Lucien perdit en deux ou trois coups une centaine de louis.

— Je n'ai pas de bonheur ce soir, se mit-il à dire.

— Mon cher, on ne peut pas les avoir tous à la fois, objecta Albert de Montquy.

— Que voulez-vous dire ? balbutia Lucien presque en rougissant.

— Vous connaissez le proverbe : Malheureux au jeu...

—. Heureux en amour, termina Anatole en riant.

— Moi, je suis d'avis que personne ne tienne plus contre de Maune, ce serait le voler.

— Messieurs, messieurs, dit Maxime, vous ne pontez plus, et la banque n'a pas encore sauté.

— Je fais cinquante louis, se hâta de dire Lucien en mettant sur le tapis une vignette de mille francs.

— Bravo ! c'est jouer bravement.

Lucien gagna. Cette fois la veine avait tourné ; elle lui était devenue si favorable que cette nouvelle chance lui attira encore les observations de ses compagnons.

— Que disiez-vous donc, Albert ? que Lucien ne devait plus jouer, je crois ; cependant il s'en acquitte à son grand profit, ce me semble.

— Diable ! alors, c'est d'un mauvais augure pour lui.

— Messieurs, interrompit Lucien, vos plaisanteries peuvent être bonnes, mais elles se prolongent trop à mon gré, et je dois vous prévenir que je ne suis pas d'humeur à les supporter plus longtemps.

Les jeunes gens se regardèrent avec étonnement, puis ils partirent d'un long éclat de rire.

— Bravo ! bravo ! Lucien, voilà qui est parlé.

— Vous êtes fou, Lucien, dit Maxime qui ne put s'empêcher de rire comme les autres.

— Vous, monsieur de Lostanges, gardez vos observations pour d'autres.

— Superbe ! il ne lui manque plus qu'une lance pour ressembler au fougueux Ajax Télamon, devant le sage Ulysse.

— Allons, allons, la paix, messieurs. Mon cher de Maune, nous sommes tous vos amis, et vous le savez bien, dit Maxime d'un air plus sérieux. Les plaisanteries entre nous ne peuvent avoir rien d'offensant. Calmez-vous donc. Quant à des avis, c'est encore un point sur lequel nous ne sommes pas d'accord, et précisément j'ai l'intention de vous offrir les miens, après quoi vous agirez à votre guise.

— Je vous remercie, je n'ai besoin des avis de personne.

— Vraiment, vous n'êtes pas, ce soir, en état de m'entendre, mais demain nous causerons en bons amis.

— En attendant, je ne suis plus un enfant, et je vous prie de vous le rappeler.

Et Lucien sortit rapidement du cercle, sans ajouter une parole.

Maxime se leva aussitôt, et prenant le même chemin que le jeune homme, le rejoignit dans la rue.

Il passa amicalement son bras sous celui de Lucien, et lui proposa une promenade sur le boulevard.

Sans faire attention à la vivacité ridicule par laquelle le jeune homme venait de se laisser emporter à son égard et à l'égard des autres, évitant même de lui parler de ce qui avait pu causer cette vivacité, il le calma doucement, et lorsque Lucien quitta Maxime à sa porte, jusqu'où ce dernier l'avait reconduit, ils étaient les meilleurs amis du monde.

Ceci n'aurait point fait l'affaire de Fanny, si elle l'eût su, mais elle l'ignorait.

La Funeste avait bien compris que l'esprit superficiel des jeunes gens dont Lucien faisait sa société habituelle ne manquerait pas de faire sa pâture des nouvelles relations qui semblaient s'être établies sur un certain ton entre elle et lui.

Loisir d'une part, taquinerie de l'autre, il était impossible qu'il ne surgît pas quelque conflit dont elle saurait tirer parti pour l'exécution de ses desseins.

Ce conflit venait de commencer, il fallait maintenant diriger le feu de manière à ce que tout retombât sur le seul Maxime.

Lorsque, le lendemain de ce jour, Lucien se présenta chez Fanny, il ne fut pas admis, sous prétexte que madame *ne pouvait recevoir*.

Il y avait dans cette phrase, et surtout dans le ton mystérieux dont elle fut prononcée, autant de lames tranchantes qu'il y a de lettres pour la composer, et qui firent souffrir cruellement le pauvre garçon.

Madame ne pouvant pas recevoir, c'est qu'elle avait déjà reçu quelqu'un, et ce quelqu'un était la seule cause de son exclusion.

Si Lucien avait tenu l'X, l'X eut certainement passé un mauvais quart d'heure entre ses mains.

Il se retira le cœur gonflé d'amertume, et jurant de ne plus retourner frapper à cette porte, qui renfermait un cœur indigne de le comprendre.

A l'âge de Lucien, les amoureux ont toujours la rage de faire des phrases déclamatoires à faire frémir M. M., l'orateur le plus ampoulé de la Restauration.

Il n'en n'est pas moins vrai que le lendemain il se présentait de nouveau à la porte de la cruelle, qui, cette fois, le reçut, fit la coquette, et le renvoya finement le cœur plus amoureux, mais plus jaloux que jamais.

15

Cependant, depuis son retour, Maxime s'étant abstenu de parler de Fanny, rien de ce qui s'était passé entre eux n'avait transpiré; il était donc possible, après tout, que ce fût Maxime l'amant favorisé de *la Funeste*.

Interrogée sur ce point par Lucien, elle n'avait répondu qu'évasivement, tout en niant le fait.

Maxime, le rival de Lucien, était dans son droit puisqu'il avait la priorité.

Lucien n'avait donc rien à dire, mais cela ne pouvait le bien disposer en sa faveur.

Il y avait une chose d'ailleurs qui froissait péniblement le jeune homme, c'était d'avoir pris feu aux premières coquetteries de cette femme, qui se moquait évidemment de lui.

Il résolut donc de sortir quand même de cette situation ambiguë en provoquant une explication nette de Fanny, s'il pouvait l'obtenir, ou de Maxime, à défaut d'elle, et s'endormit sur ce projet, décidé à le mettre à exécution dès le lendemain.

Irait-il chez Fanny en premier lieu, comme il en avait d'abord eu l'intention, ou bien aborderait-il franchement Maxime?

C'était le moyen le plus simple, c'est probablement pourquoi il s'empressa de ne pas l'employer,

Il se rendit donc chez Fanny.

Vraiment le pauvre garçon jouait de malheur; -

Madame ne pouvait pas recevoir.

Il attendit quelques instants aux abords de la maison, et ne voyant sortir personne, s'impatienta et s'en fut chez Maxime.

Maxime était sorti.

Plus de doute, Maxime était chez Fanny! c'était à Maxime qu'il allait avoir affaire.

Il en prit bientôt son parti. Comme, après tout, c'était un garçon d'esprit, à part sa sottise d'amoureux, bien entendu, et Maxime un galant homme, tout serait réglé en quelques paroles.

Le soir, au cercle, il pria Maxime de lui accorder deux minutes, ce à quoi Maxime accéda de grand cœur.

Ils se retirèrent tous deux dans un petit salon écarté, et Lucien sautant à pieds joints sur les préambules et les circonlocutions, dit à Maxime :

— Vous êtes l'amant de Fanny?

Maxime regarda Lucien.

— Moi, l'amant de Fanny! Qui vous a dit cela?

— Personne; je crois en être sûr, et je vous demande si je me suis trompé.

— Vous vous êtes trompé.

— Votre parole d'honneur?

— Ma parole d'honneur !

— Merci, mon cher Maxime, c'est tout ce que je voulais savoir.

— Maintenant, à mon tour, reprit Maxime en retenant Lucien qui voulait se retirer. Vous êtes son amant, vous?

— Non.

— Votre parole d'honneur?

— Ma parole d'honneur.

— Eh bien, ne le devenez jamais.

— Que voulez-vous dire?

— Rien; défiez-vous de cette femme, voilà tout.

— Ceci me regarde; merci, toujours.

— Vous comprenez, ce que je vous en dis c'est par pure amitié pour vous. Je ne suis pas votre Mentor, et vous n'en ferez que ce que vous voudrez. Prenez garde.

Les deux hommes rentrèrent dans le salon commun.

Lucien avait repris de l'espoir: peut-être s'était-il trompé; peut-être Fanny n'avait elle eu, ces jours derniers, que quelques-uns de ces caprices féminins si communs à toutes les femmes, et surtout à elle.

Du reste, il saurait cela le lendemain.

Lucien s'habillant pour aller chez Fanny, se fit plus beau qu'il n'avait jamais été. Ce soir-là, il était réellement d'une tenue remarquable ; c'était un joli cavalier, morceau bien affriandant, en vérité, pour un cœur moins gangréné que celui de *la Funeste*.

Elle le reçut froidement d'abord, et se laissa peu à peu entraîner. Lucien devint enfin plus expansif, et finit par une déclaration à brûle-pourpoint, entre-mêlée de toutes les protestations et persuasions adjectives que les amoureux seuls osent arracher au vocabulaire pour les unir aux adverbes les plus monstrueux, et en composer des périodes qu'eux seuls savent réciter.

Il fallut à Fanny une grande puissance sur elle-même pour ne pas éclater d'un rire trop insolemment perlé.

Pourtant elle se contint et répondit moitié riante, moitié sérieuse.

— Mon cher Lucien, je regrette vivement que vous ayez pris au sérieux quelques paroles que je vous ai dites dans un moment où je me laissais entraîner. Vous avez confondu l'imagination avec la pensée, le regret avec le désir.

— Oh ! mais savez-vous que ce que vous avez
fait là est affreux?

— Non, au contraire, je n'ai pas voulu, je ne veux
pas être votre maîtresse, parce que vous valez mieux
que moi, et que je ne saurais vous rendre ce que
vous me donneriez. J'ai tout simplement voulu vous
prouver que j'avais distingué ce qu'il y avait en
vous de noble et d'intéressant; j'ai voulu être votre
amie, ne pouvant être autre chose. Ne me faites donc
pas payer trop cher ce bon mouvement que j'ai retrouvé pour vous au fond de mon cœur, depuis longtemps refroidi.

— Vous mentez !

— Moi ! demandez plutôt à tous ceux qui me
connaissent. Et vous-même, ne le pensiez-vous pas
il y a seulement quinze jours?

— Et que me fait à moi le jugement des autres !
ce que je pensais de vous il y a quelques jours, je
le pense encore : je vous aime, et il faut que vous
m'aimiez ; ou alors, pourquoi m'avez-vous rendu
fou? pourquoi m'avez-vous laissé entrevoir que cela
pouvait être?

— Ne me pressez pas, je vous en supplie. Tenez,
Lucien, retirez-vous, cela vaut mieux et pour vous
et pour moi.

— Non, je ne partirai pas ; je veux être fixé, je veux en finir.

— Mais, malheureux enfant, vous oubliez donc ce que je suis ? Il faut donc vous rappeler que les femmes dans ma position sont déchues même du droit de disposer d'elles-mêmes. C'est cruel à vous de me forcer à vous dire ces choses-là.

— Pardon, oh ! pardon ! reprit Lucien en voyant que Fanny semblait émue en prononçant ces dernières paroles ; je comprends. Mais si vous êtes liée, je puis, moi, vous délivrer ; dites-moi seulement que vous me permettez d'espérer.

— Lucien, laissez-moi au moins jusqu'à demain, j'ai besoin de me recueillir. Demain je vous dirai ce que j'aurai résolu. Pas un mot de plus, mon ami, je vous en prie.

Et elle renvoya Lucien heureux comme un collégien ayant obtenu son premier rendez-vous d'amour.

Cette nuit-là il eut des rêves d'or et s'éveilla allègre, joyeux, et content de la vie.

Il sonna son domestique, qui vint lui apporter une lettre.

Il reconnut l'écriture de Fanny.

Son cœur eut une palpitation à se rompre. Qu'y

avait-il dans cette lettre? était-ce le miel ou l'absinthe qui se trouvaient renfermés sous cette enveloppe parfumée?

Il allait en briser le cachet lorsqu'on lui apporta un second pli, disait-on, très-pressé.

Lucien prit cette nouvelle lettre; c'était encore de Fanny. Il se hâta de l'ouvrir.

« Si vous n'avez pas encore lu la lettre que j'ai
» envoyée chez vous ce matin, renvoyez-la-moi sans
» la lire; je vous en conjure, renvoyez-la-moi, et
» venez me voir.

» Votre toute dévouée

» FANNY. »

Lucien reprit la première missive, la considéra un instant, se demanda s'il allait obtempérer à la prière que contenait la seconde. Puis, après une minute :

— Quand elle contiendrait les poisons les plus subtils sortis des laboratoires italiens, ces poisons, dussent-ils me foudroyer, je saurai ce que cette lettre contient.

Il fit sauter l'enveloppe, et lut.

A mesure que son œil parcourait les lignes tracées sur le papier satiné, ses mains tremblaient, sa figure pâlissait horriblement; enfin il sauta à bas de son lit et sonna avec force.

— François! vite, habillez-moi, faites atteler. Allons, dépêchons-nous.

En moins d'une demi-heure il était tout prêt, montait dans sa voiture, et se faisait conduire chez Kloarec.

— Mon bon ami, dit-il en entrant, je te demande pardon de te déranger aussi matin, mais j'ai besoin de toi ; viens.

— Qu'y a-t-il? dit Kloarec en voyant la figure bouleversée de Lucien.

— Je te conterai cela en voiture ; viens.

— Partons.

— Rue Saint-Lazare, 88, dit Lucien à son cocher.

— Chez Maxime! Ah çà, aurais-tu un duel, par hasard? exclama son ami.

— Peut-être ?

— Avec qui?

— Tu sauras cela tout à l'heure.

— Mais encore.

— Je te répète que tu vas le savoir.

En quelques minutes, les deux jeunes gens étaient chez Maxime, qui, en entendant leurs deux noms, les fit entrer tout de suite.

— Entrez donc, messieurs; cela tombe à merveille, cria-t-il du fond de son appartement. Georges

15.

est déjà ici, tant mieux, cela nous présage une bonne journée. Mais qu'y a-t-il donc? reprit-il tout à coup à la vue de Lucien qui, l'œil animé et le teint pâle, avait refusé sa main à celle que Maxime lui tendait amicalement.

— Il y a, monsieur, que vous êtes un menteur et un lâche.

Les trois hommes ne purent articuler un mot devant une provocation aussi brutale.

Ils restèrent un moment ébahis.

— Je dis un menteur et un lâche, entendez-vous, monsieur Maxime de Lostanges, et je vous le dis, moi, devant deux hommes d'honneur.

— Je ne vous comprends pas, dit celui-ci en faisant deux pas en arrière et en se redressant sous l'insulte, et je comprends moins encore M. de Kloarec de s'être fait le complice d'une inconvenance aussi grossière.

— Je vous demande mille pardons, mon cher Maxime, et vous me voyez confus de ce qui arrive; j'ignorais absolument ce dont il s'agissait. Lucien est venu me prier de l'accompagner, et je ne savais pas ce qu'il voulait faire.

— Messieurs, interrompit Lucien, je sais la valeur de la démarche que je fais; tout inconvenante

qu'elle paraisse, elle est encore plus honorable que
ce que monsieur s'est permis envers moi. Si je l'insulte, c'est face à face; il n'a pas craint, lui, de
m'insulter dans l'ombre.

— Voyons, monsieur, que voulez-vous dire? pré-
cisez, dit enfin Maxime.

— Je dis que vous êtes libre, monsieur, d'avoir
pour maîtresse qui bon vous semble, mais je vous
refuse le droit de vous moquer de moi avec les femmes que vous honorez de vos faveurs.

— Mais, encore une fois, je ne vous comprends
pas.

— Eh bien, comprenez-vous ceci?

Et Lucien donna ou plutôt jeta à Maxime la lettre
de Fanny qu'il tenait à la main.

— Vous ne vous attendiez pas à une erreur qui
me mettrait au courant de vos petites infamies,
n'est-ce pas? une adresse mal mise, et j'ai tout appris. — Ah! ah! c'est assez drôle.

— Un moment, voyons ce que cela signifie.

Et Maxime lut tout haut :

« Je suis désolée, mon cher Maxime; ce pauvre
» Lucien est encore venu hier chez moi; il me fait
» de la peine, et je crois que vous avez tort de lui en
» vouloir; c'est un enfant sans conséquence qui ne

» devrait pas vous ombrager ; il a du cœur, et c'est
» vraiment dommage de jouer ainsi avec lui. Pour-
» quoi m'obliger à cette comédie ? Tenez, il y a des
» moments où, sans l'affection que je vous porte,
» je vous haïrais. Venez, j'ai à causer avec vous. »

Maxime restait stupéfait du machiavélisme avec
lequel Fanny avait conduit toute cette affaire.

Il fut un moment interdit de tant d'audace.

— Ah ! ah ! reprit Lucien en se croisant les bras,
il ne vous suffisait pas de mentir à votre honneur en
me jurant que vous n'étiez rien à cette femme, il
fallait encore que vous fissiez d'elle un instrument
pour vous amuser de moi. Vous allez me rendre
raison sur-le-champ.

— C'est une infamie, murmura Maxime.

— Oh ! n'espérez pas m'échapper ! vous me rendrez raison, vous dis-je, ou je vous imprimerai sur
le visage un affront auquel vous ne résisterez pas.

— Inutile, vous voulez un duel, vous l'aurez.

— A la bonne heure ! Kloarec, je compte sur toi,
n'est-ce pas ? Je vais t'envoyer un autre témoin.

— Mais, objecta Kloarec...

— Sans doute, interrompit Maxime en regardant
ce dernier, et Georges voudra bien vous servir de
second.

Puis, se penchant à l'oreille des deux jeunes gens :

— Je vous donne ma parole d'honneur que tout ceci est une machination infernale dont je suis complétement innocent. Il ne résultera rien de tout ceci qu'une leçon que je veux donner à cette femme, et qui, si je ne me trompe, sera la dernière. Il vaut mieux qu'aucun étranger ne se trouve mêlé là-dedans. Cela pourrait envenimer les choses, qui ont déjà trop de gravité. Allons, messieurs, veuillez rentrer chez vous, je vous enverrai mes seconds. A demain, monsieur de Maune.

Quand, dans un certain monde, il se présente ce qu'on est convenu d'appeler une affaire d'honneur, cela est considéré comme tellement ordinaire, qu'on y prête généralement une attention plutôt curieuse qu'inquiète, et que les adversaires n'éprouvent jamais, ou bien rarement, des empêchements sérieux à l'exécution de leurs projets.

Au contraire, chacun assiste ses amis en pareille occasion, et c'est une preuve toute particulière d'estime et d'amitié à donner à quelqu'un que de le charger de vous aider à tuer votre homme ou à être tué par lui dans toutes les règles d'un combat loyal.

Ce qui est assez étonnant, c'est qu'un duel fait à l'avance le sujet de toutes les conversations ; ce qui devrait être un secret entre les parties intéressées seulement, devient le secret de tous, et cependant la justice, assez sévère en pareil cas, n'a presque jamais mis d'obstacles à un duel.

Peut-être aussi la justice aime-t-elle mieux avoir à réprimer un délit qu'à prévenir une faute.

Quoi qu'il en soit, le lendemain du jour où Lucien avait provoqué Maxime, les témoins ayant accompli leur mission, tous les préliminaires terminés, les deux adversaires étaient en présence.

L'endroit avait été admirablement choisi dans un coin écarté du bois de Boulogne de traditionnelle mémoire. On avait trouvé une petite place toute unie, toute proprette, bordée de taillis fourrés, recouverte par de grands arbres de haute futaie, et séparée de quelques mètres seulement d'une allée transversale au bout de laquelle se tenaient les voitures de ces messieurs.

Se faire introduire quatre pouces de fer dans le ventre au milieu de ces arbres verts et sous le ciel bleu semblait chose supportable.

Maxime était calme, même souriant.

Lucien était animé, pâle et fiévreux.

Les témoins avaient l'air grave qui convient en pareille circonstance.

Lorsque ces messieurs s'abordèrent, les témoins échangèrent des poignées de main ; Maxime présenta la sienne à Lucien, qui n'eut pas l'air de s'apercevoir de ce mouvement, et dit :

— Tout est convenu, n'est-ce pas, messieurs ? alors nous pouvons commencer.

Les témoins s'entreregardèrent, puis leurs yeux se portant sur Maxime, eurent l'air de le consulter.

— Je suis à vos ordres, répondit celui-ci.

Les témoins prirent les épées, en mesurèrent la longueur, les firent ployer pour s'assurer qu'elles n'étaient pas trop rigides, et en remirent chacun une aux deux adversaires.

Un léger bruit ressemblant à celui des roues d'une voiture criant sur le sable de l'allée s'était fait entendre d'abord.

Personne que Maxime n'avait fait attention à ce bruit.

Le salut des armes était échangé, les fers allaient se croiser.

Maxime fit un mouvement de retraite ; — il venait d'entendre, à quelques pas de l'endroit où ils se trouvaient, le taillis légèrement remuer.

— Allons, monsieur, je vous attends. Auriez-vous peur? dit Lucien.

Maxime eut un sourire.

— Ne faites pas de blessure à l'amour-propre, celles-là ne se guérissent qu'avec le fer.

— Parfaitement ; nous tenons les outils de l'opérateur. Allons, monsieur, opérons.

— Allons.

Et ils se remirent en garde.

A la deuxième passe, Maxime rompit encore, et abaissant son épée dont il mit la pointe en terre, il appuya les deux mains sur sa garde.

Les témoins ne comprenaient rien à ce mouvement.

Maxime fit signe qu'il voulait parler.

— Messieurs, dit-il d'une voix un peu émue, avant de continuer, je veux vous conter une histoire. Pardon, monsieur, poursuivit-il d'une voix douce en s'adressant à Lucien qui faisait un mouvement d'impatience, laissez-moi parler. L'endroit est curieusement choisi pour conter, n'est-ce pas? Vous rappelez-vous Henri de Simeuse? c'était une bonne et franche nature. Eh bien, Henri de Simeuse avait donné à une femme toute son affection, tous ses soins ; il croyait en elle comme en lui. Un jour elle le trompa, c'est très-ordinaire; mais si comme moi vous aviez connu cette femme, comme moi vous eussiez dit : Impossible! cependant cela était. Henri partit pour fuir le fantôme de cet amour qui le poursuivait. Quatre ans se sont écoulés, Henri n'est pas revenu encore. Le second amant de cette femme se tua, c'était de Metz. Vous le connaissiez aussi. Le pauvre garçon se pendit (triste mort pour un gentilhomme), et il accusa de sa mort celle qui, après l'avoir ruiné, avait rendu pour lui la vie incolore et insupportable. Pour de Metz, c'était justice. De Metz était l'ami de Henri; il avait trompé son amitié, il devait être puni; mais, après de Metz, vinrent de Rieux et Jules de Marsac, tour à tour amants et victimes de la même créature; le premier se brûla la cervelle, le second se noya. Savez-vous quelle est cette femme? Cette femme, vous l'avez déjà stigmatisée, puisque vous l'avez nommée *la Funeste*. Oh ! oui, bien funeste! Pauvres enfants ! de Metz, de Rieux, de Marsac, tous trois jeunes, beaux et forts, tous trois morts à présent, morts de mort violente, morts en désespérés.

Oh ! cette femme, je la méprise et je la hais maintenant, car je la connais. Et remarquez bien qu'il faut que ma haine et mon mépris pour elle passent en vos cœurs, car vous deviendriez à votre tour ses instruments et ses jouets.

Maintenant, il manquait une victime à son martyrologe, un fleuron à sa couronne sanglante. Goule avide de sang, il lui fallait une autre vie à dévorer. Elle a mis l'épée à la main de deux hommes, pour que, de ces deux hommes, il y en eût un qui mourût à cause d'elle. Par le Christ! cela ne sera pas. J'ai insulté, j'ai défié cette femme, c'était moi qu'elle avait marqué du sceau de sa vengeance. Vous me connaissez tous, vous savez si je suis un lâche, je ne me battrai pas, car le combat me rend fou et je pourrais tuer Lucien.

Et Maxime prit son épée qu'il brisa en deux sur son genou.

— Et voulez-vous la preuve de ce que je vous ai dit? Non contente d'avoir inventé une machination diabolique, sur mon honneur j'affirme que la lettre de cette femme est une inique fausseté; non contente d'avoir armé deux amis l'un contre l'autre, cette femme a voulu encore être témoin de ce combat. Tenez...

Et Maxime écartant vivement deux buissons qui cachaient la route, on put voir, s'éloignant du côté d'une voiture stationnant à quelques pas, une femme qu'à sa tournure on reconnut aisément pour Fanny.

— Quel est l'honnête homme qui se battrait pour cette femme? quel est celui d'entre vous qui servirait de témoin à un duel ayant une pareille cause? Prononcez.

— Personne de nous, dit Kloarec. Allons, messieurs, tout est expliqué, donnez-vous la main.

— Non pas, embrassons-nous; viens, mon enfant, dit Maxime en attirant près de lui Lucien et en le prenant entre ses bras. — Tu peux compter sur moi, et il vaut mieux sentir sur sa poitrine battre le cœur d'un ami, que de l'avoir en face de soi pour but à son épée.

C'est depuis ce jour qu'entre Maxime de Lostanges et Lucien de Maune il y eut une amitié si étroite qu'on était arrivé à dire que l'un était la conscience de l'autre.

Quant à Fanny, nous n'avons plus rien à en dire, sinon que :

Le marquis de Cinq-Sens,
Son premier sentiment,
Avait eu le pressentiment
Qu'elle en aurait cinq cents.

Ce quatrain ne nous appartient pas, et nous ne

l'empruntons à son spirituel auteur, M. Roger de
Beauvoir, que parce qu'il peint bien la charmante
personne dont nous avons raconté la vie.

Du reste, après ce qui s'était passé au bois de
Boulogne, elle disparut, et l'on fut longtemps sans
en entendre parler.

On dit qu'elle passa en Amérique, où un plan-
teur *gunophile* en devint éperdûment amoureux
et l'épousa.

Le pauvre homme !

LA PIÈCE DE VINGT SOUS

DE MON AMI HENRI.

Vous savez déjà ce que c'est que mon ami Henri ;
mais ce que vous ne savez pas, c'est que, parmi les
riens charmants qui ornent la chaîne de sa montre,
au milieu de ces fantastiques breloques, chefs-
d'œuvres microscopiques de la ciselure moderne,
capricieuses merveilles d'orfévrerie, dont le *fouillé*
ne le cède en rien à ce que le seizième siècle nous a
légué d'originalités en ce genre, sans en excepter
même le grand Benvenuto Cellini ; au milieu, dis-je,
de ces excentriques fantaisies de l'art, s'épanouit,
dans la timidité de son prosaïsme numérique, une
humble pièce de vingt sous, portant au-dessous de

son effigie presque effacée, le millésime à peine lisible
de 1811.

Parmi ces pimpants joyaux, qui jettent sous la réverbération des rayons lumineux les étincelles pail-
letées de leur or, elle semble, la pauvre piécette,
dans sa terne et mate blancheur, humiliée, et, pour
ainsi dire, autant mal à l'aise que le serait un honnête plébéien, jeté tout à coup en la compagnie d'é-
légants et légers aristocrates, dont la raillerie vani-
teuse et caustique aurait pris pour cible la modeste
rusticité.

Je vais vous dire pourquoi cette monnaie fut un
beau jour enchaînée à l'anneau brisé d'une montre
de Chevé, et retirée ainsi de la circulation à laquelle
elle avait été vouée dès l'instant où, sortie des flancs
embrasés du lingot, se tordant sous les baisers de
flamme que lui prodiguait la fournaise incandes-
cente en l'étreignant de ses amoureuses et fondantes
caresses, elle reçut son acte de naissance et sa feuille
de route dans la brutale accolade du bélier de fer,
qui les lui estampillait sur le dos.

Quand vous aurez lu cette histoire, vous en saurez tout autant que moi sur cette fameuse pièce de
vingt sous, ce qui ne peut manquer d'être pour vous
une satisfaction.

Mon ami Henri, ainsi que vous l'avez vu, avait fait *des bêtises*, qui l'eussent inévitablement conduit à Clichy d'abord, et ensuite à l'hôpital, si, par une mesure énergique, on n'avait mis *l'embargo* sur les appointements déjà pas mal ébréchés de cet enfant prodigue.

Ainsi qu'un jeune cheval qui se cabre et refuse le cavalier, Henri, rétif et regimbant sous la contrainte qu'on lui imposait, prit le mors aux dents et gagna au pied.

En opérant sa retraite, il n'était pas encore trop au dépourvu; il avait quelques louis dans sa poche, des bijoux, les mille accessoires qui entourent d'un cercle d'or l'existence d'un homme luxueux; en outre la ferme intention de prouver à sa famille qu'il pouvait se passer d'elle; et puis, enfin, il avait vingt-cinq ans.

Tout était possible!

Il ne connaissait d'ailleurs de la vie que le côté facile, et n'avait jamais médité sur son côté matériel et positif. Il en avait toujours regardé la face, et n'en connaissait pas la pile.

Oui, tout fut possible tant que durèrent les ressources; mais lorsqu'elles diminuèrent, les difficultés surgirent, et quand elles disparurent tout à fait,

16

les impossibilités remplaçant les difficultés, il fallut bien qu'il s'avouât que, si vingt-cinq ans sur la tête d'un homme sont une belle chose, cela constitue envers son estomac de calamiteux engagemènts.

Mais mon ami n'est pas entêté à demi :

Fièrement drapé dans le manteau sordide de la nécessité, il résista aux sollicitations du besoin et attendit.

Bientôt le seul vêtement qui lui était resté fidèle se blanchit aux coutures et gémit aux coudes ; son chapeau, jadis si reluisant, s'éteignit en rougissant de sa vétusté, et l'on eût pu entendre le clapotement fangeux, espèce de hoquet d'agonie que faisaient en marchant ses bottes qui se noyaient.

C'est dans ce débraillé à la César de Bazan, moins le pittoresque, mais avec la même morgue et le même aplomb, que mon ami se présenta un jour, à l'heure du déjeuner, chez sa tante Marguerite, excellente femme au fond, mais qui avait, comme les autres, fait sa partie dans le *tolle* général qui s'était élevé contre lui, et que, pour cette cause, il n'avait pas revue.

Il n'avait pas mangé, le malheureux, depuis trente-six heures, — c'était pitié ! — La détresse était dans toute sa personne, et la faim, qui tenaillait ses

entrailles, imprimait sur sa physionomie les traces
de ses étreintes aux ongles crochus.

Lorsqu'il entra, sans s'être fait annoncer, dans la
salle à manger, la bonne dame prenait son repas du
matin, en la compagnie de son chat ronronnant et
de son perroquet caquetant.

Les effluves odorantes des mets qui, en ouvrant
la porte, vinrent lui fouetter le visage, chatouillaient
agréablement ses organes olfactifs et aiguisaient
outre mesure ses canines, déjà passablement longues, comme bien on pense.

— Bonjour, tante Marguerite ; — c'est moi — dit-il
en se posant carrément devant elle, essayant de faire
bonne contenance, quoique ses jambes flageolassent,
et qu'un tourbillon lui passât devant les yeux.

— Comment ! vous avez l'audace de vous présenter devant moi ? exclama la vieille dame quand elle
eut retrouvé la parole.

— Oui, je passais devant votre porte, et je me suis
dit : Tiens ! je vais dire bonjour à ma tante Margue...
rite, moi !...

Et sa faiblesse était telle que la voix lui manqua,
quoiqu'il essayât de rire et qu'il fût obligé, le pauvre
garçon, de se reprendre à deux fois pour prononcer
cette dernière phrase, qu'un hoquet fiévreux vint

couper par la moitié ; puis il tomba plutôt qu'il ne
s'assit sur une chaise, prit le pain qui se trouvait
sur la table, et rompit, tout tremblant de besoin, une
énorme chigne de ce pain dont l'aspect seul rame-
nait l'ébriété d'un désir vorace sur ses lèvres dessé-
chées.

Et la tante Marguerite, voyant cela, continua d'un
ton criard :

— Après ce qui s'est passé, vous osez venir manger mon pain, sans cœur que vous êtes. Je ne le...

Elle n'acheva pas

Henri, qui venait de mordre sa première bouchée,
la cracha en s'entendant apostropher de la sorte, et
se levant, la figure blémissante, l'œil enflammé et
rempli de larmes qui lui brûlaient les paupières, il
rejeta sur la table le pain qu'il y avait pris, et
lança à la tante Marguerite, interdite, hébétée devant cette face amaigrie et pâle, ces mots qui la
terrassèrent :

— Mais vous ne voyez donc pas, femme, que je
meurs de faim ! Oh ! gardez, gardez votre pain, et
que votre égoïsme soit maudit !

Puis il sortit de la salle à manger, traversa l'antichambre, descendit quatre à quatre les escaliers, et
se trouva dans la rue sans avoir voulu s'arrêter aux

sollicitations de la tante Marguerite, qui, courant après lui, lui prodiguait les appellations les plus douces de son répertoire de tendresses.

— Henri ! mon Henri ! disait-elle, mais reviens donc. — Comment, mon pauvre enfant, tu avais faim et je ne le devinais pas ! — Oh ! reviens, reviens, je t'en prie !

Et la bonne créature avait des pleurs dans l'expression suppliante de sa voix.

Mais, bah ! Henri ne l'entendait même pas.

En posant le pied dans la rue, l'air, qui vint le frapper au visage, ranimant ses forces et lui donnant une énergie nouvelle, il s'était pris à courir d'une course folle, insensée, sans voir les obstacles, sans qu'aucun empêchement pût le faire dévier de la ligne droite. Il courut ainsi jusqu'à ce qu'enfin il tombât épuisé, haletant, sur le tertre qui domine l'avenue de Neuilly à gauche, en sortant de la barrière de l'Étoile.

Henri n'avait plus faim alors ; il prit entre ses deux mains sa tête brûlante et s'isola si complètement dans sa pensée, qu'il ne vit plus rien autour de lui : ni ciel bleu, ni arbres verts, ni maisons blanches ; il n'entendit plus aucun bruit terrestre, ni le gazouillement des oiseaux, ni le roulement des

16.

voitures sur le pavé de la route, ni les cris des enfants joyeux qui s'égayaient autour de lui.

Un fantastique panorama, déroulant à ses yeux les choses du passé, vint d'abord, dans la transparence bleue de ses horizons les plus lointains, rappeler à son esprit charmé les doux souvenirs de son enfance.

Il se trouva reporté à l'époque où, bercé sur les genoux de sa mère, il fermait sous ses baisers ses paupières, qui, par malice, combattaient un sommeil nécessaire; puis les plans se rapprochèrent, les teintes prirent plus de consistance.

Il se vit jeune homme, portant fièrement les insignes d'officier de marine, et posant son pied hardi sur le pont du bâtiment de guerre, devenu son terrain, sa patrie à lui !

Et le rêve continuait, et le tableau changeait : c'était encore le vaisseau, c'était encore la mer!

Mais le ciel était devenu d'un noir d'encre, que sillonnaient en tous sens de fulgurants éclairs; la foudre grondait en l'air, le vent sifflait dans les cordages, la vague mugissait écumante. C'était la lutte de l'intelligence contre les éléments, c'était le combat de la vie contre la mort, c'était l'homme grain de sable et Dieu géant, c'était la tempête.

C'était beau ! c'était grand !

Puis la tourmente avait passé ; le navire, conti-
nuant sa route, s'était embossé ; le canon tonnait,
les mâts craquaient, et le bâtiment tremblait de la
quille aux cacatois, à chaque bordée que lançaient
par les sabords ses cent bouches à feu. Les agrès
coupés s'éparpillaient autour de lui, — les mâts
brisés menaçaient de l'écraser dans leur chute ; —
la mitraille balayait le pont et le rougissait du sang
des matelots. Et lui, ferme, intrépide, la tête haute,
le regard assuré, les narines dilatées, il aspirait à
pleins poumons l'odeur enivrante du salpêtre enflammé. C'était la bataille, c'était le danger, c'était
Saint-Jean d'Ulloa !

Bientôt son cerveau s'embarrassa tout à fait, il
ne vit plus rien que de confus. Alors, à toutes ces
choses vraies qui venaient de lui être représentées,
se mêlèrent les visions qu'enfante le cauchemar et
que la raison réprouve. Il vit, se combinant mons-
trueusement, passer tour à tour, dans un tourbil-
lonnement vertigineux, le berceau, le navire, la
foudre et la mer, auxquels s'adjoignirent les illu-
minations des fêtes, les soupers splendides, les
filles folles, qui l'avaient largement aidé à écor-
ner sa légitime, et qui riaient, insultant à sa mi-

sère. Tout, jusqu'aux louis d'or, si mal menés par lui, semblaient lui faire la nique ; enfin, toute la fantasmagorie des rêves sortis de la porte d'ivoire.

Il s'éveilla la tête lourde et l'esprit apesanti ; il rajusta ses vieux vêtements, assura sur son chef son pauvre vieux chapeau, et redescendit lentement l'avenue des Champs-Élysées ; il était à peu près quatre heures du soir.

La marche ayant un peu rafraîchi ses idées, Henri ressentit de nouveau les tiraillements d'estomac qui l'avaient abandonné depuis sa sortie de chez la tante Marguerite.

Il fallait pourtant aviser, il fallait pourtant assouvir cet estomac famélique.

Mais l'imagination est faible quand le corps est débile ; chemin faisant, il avait épuisé le programme des ressources les plus extravagantes, les plus impossibles, et rien n'était encore résumé.

A ce moment, il se trouvait au beau milieu du Pont-Neuf, la rivière coulant à ses pieds.

N'allez pas croire, au moins, qu'il lui vint à l'idée de s'y précipiter la tête la première ; il est, ma foi, de trop bon goût et trop spirituel pour cela, et je lui dois la justice de dire qu'il n'y pensa même pas un seul instant. Non, il s'accouda tout bonne-

ment contre le parapet, sous prétexte de regarder un
pêcheur à la ligne, mais en réalité pour tâcher de
saisir une inspiration, si par hasard le fil de l'eau
lui en apportait une.

On a vu de ces choses-là ; Jean-Jacques cherchait
bien les siennes dans les nuages.

Or, qu'est-ce qu'un nuage, sinon de l'eau con-
densée ?

— Eh ! pardieu ! je ne me trompe pas, c'est
M. Henri de Simeuse. Comment vous portez-vous ?

Henri releva la tête.

Celui qui l'interpellait ainsi était un homme qu'il
connaissait à peine, ne l'ayant vu que rarement
dans des temps meilleurs. Il répondit donc à ce
monsieur d'un air dégagé :

— Très-bien, merci.

Croyez-vous que mon ami Henri sait mentir avec
assez d'aplomb ?

— Vous regardez ce brave homme qui cherche
une friture au fond de la Seine. S'il n'a que cela
pour son dîner, je le plains, celui-là !

— Oui, j'aime assez la pêche à la ligne ; et vous ?

— Oh ! moi, je suis pour le positif ; j'aime mieux
la pêche à la fourchette.

Henri, dans son for intérieur, pensait absolument

de même, seulement il n'en disait rien. L'autre reprit en tirant sa montre :

— Et précisément, comme dit je ne sais plus quel poëte sensuel :

> Voici l'heureux instant, le moment qui s'approche,
> Où l'on doit retirer le rôti de la broche.

Ces deux vers sont assez mauvais, mais la pensée est bonne, et je n'ai garde de manquer une opération aussi intéressante   Qu'en dites-vous?

Le bourreau ! il ravivait de si cuisantes douleurs qu'Henri ne put y résister.

— Tenez, dit-il, c'est bien inconvenant ce que je vais vous demander là. N'importe : Voulez-vous m'offrir à dîner ce soir ?

Son interlocuteur le regarda un moment sans lui répondre, comme s'il n'avait pas bien entendu, ou comme s'il eut mal compris.

Et le considérant attentivement :

— Non, je ne puis vous *payer* à dîner, se mit-il à dire.

Henri, tout rougissant de confusion à cette réponse, mais toujours homme du monde cependant, balbutia en s'inclinant avec une politesse dont l'expression n'était pas exempte d'amertume :

— Oh ! pardon, monsieur ; je ne croyais pas...

— Laissez-moi donc achever, continua l'autre en passant son bras sous le bras d'Henri, et en se penchant à son oreille. — Je ne puis vous offrir à dîner, mais j'ai bien vingt-cinq louis à votre disposition.

— Comment, vingt-cinq louis ?

— Eh ! pardieu ! oui, vingt-cinq louis. Vous ne comprenez pas. Avec vingt-cinq louis que je vais vous avancer et que vous me rendrez, c'est vous qui pourrez me faire asseoir à votre table. De cette façon, au lieu d'être mon obligé, c'est moi qui serai le vôtre. Est-ce clair ?

— Mais pardon, je vous connais à peine, et...

— Et vous ferez des façons pour accepter cette bagatelle d'un inconnu ? Allons donc !... Voyons, c'est entendu ; vous m'offrez à dîner.

Et il entraîna Henri, qui se laissait faire, ne trouvant guère à répondre à cela.

— Mais cependant... objectait-il tout en marchant.

— Quoi ? si vous trouvez dans ma proposition quelque chose qui puisse vous blesser, prenez que je n'ai rien dit, et c'est moi qui à mon tour vais vous demander pardon.

Tout en parlant ainsi, ils étaient arrivés à la

porte d'un restaurant dont ils franchirent le seuil.

En entrant dans l'établissement, l'ami d'Henri, car celui qu'il avait rencontré d'une manière si inopinée venait de se poser tout à coup en ami vis-à-vis de lui ; l'ami d'Henri, dis-je, avait demandé un cabinet, deux consommés et une bouteille de bordeaux.

— Pourquoi deux consommés ? se mit à dire Henri.

— Parce que, mon cher, j'ai remarqué que rien ne dispose autant à absorber un repas dans de bonnes conditions, que de prendre d'abord un bouillon en manière de préface ; on fait ensuite un petit tour de promenade, et je vous assure qu'après cet exercice, l'estomac est on ne peut mieux disposé à fonctionner.

Henri, pour toute réponse, prit la main que lui tendait amicalement son convive.

Puis celui-ci, tirant son porte-monnaie de sa poche, compta vingt-cinq pièces d'or à Henri, en l'invitant à les insérer dans le gousset de son gilet.

Le garçon du restaurant ayant apporté les deux consommés, Henri prit son bol d'une main, et s'apprêtait déjà à l'avaler, tant le fumet qui s'en échappait en sollicitait ardemment l'absorption.

— Un moment, c'est trop chaud, voilà de quoi le refroidir et le rendre meilleur.

En disant cela, l'ami d'Henri, débouchant la bouteille de bordeaux, en versa un bon verre dans le bouillon fumant.

— Là, maintenant, marchons d'ensemble, et dites-m'en des nouvelles.

Henri, qui venait d'avaler sa tasse de bouillon jusqu'à la dernière goutte, ressentit presque instantanément une douce chaleur qui, remontant de l'estomac au cerveau, colorait d'une légère animation sa figure fatiguée et pâle. Il se sentait revivre sous l'action bienfaisante du tonique qu'il venait de s'administrer.

— Oh! c'est bon! dit-il en posant ses deux mains sur sa poitrine, et en la comprimant comme s'il craignait que la liqueur généreuse qu'elle renfermait, ne s'échappât en emportant la béatitude qu'elle lui procurait.

— Dressons le menu et allons prendre l'air. Si je ne me trompe, vous savez assez bien ordonner un repas, je m'en rapporte à vous.

Henri prit un morceau de papier, un crayon, et traça la carte du repas d'une main ferme et assurée.

17

Puis ils se retirèrent.

Au bout d'une heure, ils rentrèrent, se mirent à table et firent honneur à leur dîner, en gens de bonne humeur et d'appétit *idem*.

— *Inter pocula et syphos*, se mit à dire le convive d'Henri, c'est le vrai moment d'être sérieux sans morgue. Je n'ai point à apprécier les causes qui ont amené votre brouille avec votre famille, cela ne me regarde point; ce sont vos affaires; et comme je crois que l'homme est prédestiné, et que ce qui est devait être, ce qui doit être sera; le libre arbitre est un mot; donc vos torts, si vous en avez, ne sont que relatifs; néanmoins, il me semble que, puisque je me suis rencontré sur votre route, je dois essayer non-seulement de vous être agréable; j'en ai le désir, mais encore utile, si c'est en mon pouvoir; j'ai quelques années de plus que vous; j'ai vécu dans un milieu plus positif que celui dans lequel vous avez vécu, vous. — Donnez-moi donc un peu de feu; — je sais de la vie ce que vous en ignorez encore; voulez-vous que je vous donne un conseil? Vous croyez avoir épuisé toutes les jouissances? — Eh bien! si vous suivez un avis que je vais vous donner, vous en goûterez une, plus ineffable que toutes les autres. —Mais avant, passez-moi un cigare, celui-ci

est détestable; — que votre cerveau s'éclaire, que
votre bras s'occupe, produisez, vous serez utile aux
autres, vous le serez à vous-même; alors votre esprit
sera joyeux, votre cœur content, votre corps heureux;
vous vous sentirez une valeur que rien ne pourra
détruire, parce que l'intelligence qui crée est indé-
pendante, le bonheur reste pour vous dans les limbes
de l'inconnu, c'est celui de sentir son utilité, d'entendre sonner le prix de son travail dans le creux
de son gousset, et de voir s'aligner autour de ses
besoins les pièces de cinq francs destinées à les satisfaire et qui sont le fruit d'un labeur honnête.
Qu'en dites-vous?

— J'y ai souvent songé, mais je n'ai pas d'état.

— Aussi ne vous parlai-je pas de vous atteler à
un métier dont vous ne connaissez pas les outils, et
dont votre inhabileté ne tirerait qu'un mauvais
parti; d'ailleurs, je sais que ne trouve pas toujours
de la besogne celui qui en a besoin. Il est clair que
s'il fallait que vous vous fissiez aide-maçon, non-
seulement cela ne vous avancerait guère, mais encore, un entrepreneur vous refuserait net pour cause
d'incapàcité; mais vous avez reçu une éducation
distinguée, vous en avez heureusement profité; dis-
tribuez votre science à de plus ignorants que vous,

faites l'aumône de votre savoir, ce sera en même temps une opération avantageuse et une bonne œuvre que vous accomplirez; une bonne opération : parce qu'un répétiteur zélé et instruit gagne honorablement un salaire assez élevé; une œuvre charitable : parce que le professorat est une mission toute de dévouement. Que dites-vous de cela?

— Vous avez trop raison.

— Sans compter que c'est le vrai et le seul moyen de vous refaire entièrement. Quand, par votre travail, vous serez parvenu à subvenir aux besoins de la vie matérielle, vous connaîtrez le prix de l'argent, vous respecterez comme moyen cette grande puissance de notre époque, tout en la méprisant comme but. Puis enfin, lorsque votre brouille avec votre mère sera terminée, car enfin cela arrivera un jour ou l'autre, vous rentrerez dans votre famille, et cette fois vous y serez ce que vous devez être, c'est-à-dire un homme, dans toute l'acception de mot, comme disent les Espagnols, qui ne connaissent point d'appellation plus flatteuse : *Hombre!*

D'ailleurs, vous ne pouvez regretter cette existence que mènent aujourd'hui les jeunes gens de notre époque, et dans laquelle vous vous êtes laissé entraîner. En réalité, cette vie, complétement en

dehors des lois hygiéniques les plus simples, me
fait assez l'effet de produire sur notre jeune génération cette attraction mortelle des lumières sur
les phalènes imprudents du soir, qui viennent
tournoyer autour des bougies jusqu'à ce qu'ils se
consument à l'ardeur de la flamme qui les a char-
més.

Vous, mon cher Henri, vous vous êtes laissé entraîner, je le répète, par une foule de gens que dans
vos bruyantes réunions vous honorez du titre d'ami.
Amitié qui, le plus souvent, s'évanouit avec les fu-
mées du dernier verre de champagne. Jusqu'à présent vous avez parcouru cette carrière, d'une galanterie de mauvais goût ; tour à tour trompeur et
trompé, que vous reste-t-il de toutes ces intrigues ?
quelques lettres que vous ne relisez jamais, dont le
souvenir même ne vous est pas resté. Croyez-moi,
dit-il en tendant la main à Henri, c'est un ami sincère qui vous parle ; vous valez mieux que votre
réputation. Prouvez-le.

Henri répondant à l'appel de cette main qui s'étendait vers lui, la pressa vivement en répondant :

— Je suis à votre disposition, que me conseillez-
vous ?

— Les anciens élèves de Sainte-Barbe ont le privilége de faire agréer au collége les répétiteurs qu'ils patronnent. Je vous conduirai demain au préfet d'études, il vous emploiera.

— Soit; à demain.

Dix heures venaient de sonner à l'horloge des bains de la Samaritaine, lorsque les deux amis se séparèrent pour rentrer chacun chez soi.

Henri habitait à cette époque une petite chambre dans un des nombreux hôtels du quartier des Écoles; il était endetté, même pour le loyer de cette chambre, au point de ne rentrer qu'à de certaines heures, pour éviter les réclamations que ne manquait pas de lui adresser publiquement, de son ton de voix le plus désagréablement braillard, madame Bauvery, l'hôtesse désobligeante, qui lui louait ce taudis.

Il avait même été obligé depuis peu de jours d'employer un moyen industrieux, pour ne pas se voir refuser l'entrée de son logement; ç'avait été d'abord de ne plus laisser la clef au concierge, même pour faire son ménage, il se chargeait personnellement de ce soin, et pour plus de sûreté, il avait, en outre, adapté un solide cadenas à la porte, se garantissant ainsi d'une invasion qui eût eu les conséquences les plus désastreuses pour son repos.

Son lit, si mauvais qu'il fût, avait, dans la passe

critique où il se trouvait engagé, une valeur dont
lui seul pouvait apprécier l'importance.

Mais ce soir-là, ce fut en triomphateur qu'il fit
son entrée dans la loge du concierge, — garçon d'hôtel, bon homme, appelé Jean, et qui professait pour
mon ami Henri une sympathie protectrice qui l'avait
quelquefois sauvegardé des attaques de la mère Bauvery, maîtresse d'hôtel.

— Bonsoir, monsieur Henri. Comme vous rentrez
de bonne heure !

— Ah ! ah ! vous trouvez. Et madame Bauvery,
que devient-elle, *la bonne dame ?* Dites-lui donc, Jean,
qu'elle me donne sa note, je veux la payer,

— La voici, monsieur.

— Comment ! vous l'avez ?

— Oui, monsieur, c'est moi qui m'en suis chargé,
parce que j'ai cru m'apercevoir que vous n'aimiez
pas beaucoup avoir affaire à la maîtresse.

— Merci, mon ami. Voilà le montant de la note,
plus un louis pour votre obligeance.

Puis il monta chez lui, et en passant devant la
porte vitrée du bureau où se tenait majestueusement
madame Bauvery, il jeta sur elle un regard du plus
souverain mépris.

Le lendemain il fut présenté au collége Sainte-

Barbe, et admis dans la section des mathématiques, pour faire les répétitions des candidats au baccalauréat.

Il avait eu le soin, dès le matin, de renouveler sa garderobe quelque peu négligée, ainsi que nous avons pu le voir, de sorte qu'il était réellement lui-même sous le costume demi-élégant qui faisait valoir la distinction de sa tournure.

— Monsieur, lui avait dit le préfet des études, je vais vous confier la direction de trois de mes principaux pensionnaires, gaillards difficiles à conduire. Je dois vous avertir que plusieurs professeurs ont refusé de continuer leurs soins à ces jeunes gens.

— Pourquoi? fit Henri.

— Oh! mon Dieu! c'est bien simple; ce sont trois jeunes créoles, riches comme des nababs. Ils ne mordent à la science qu'avec l'indolence distinctive de leur race, travaillent en se jouant, et rient quand on leur parle raison.

Henri se mit à sourire, et murmura tout bas :

— Je connais ça.

Le préfet d'études continua :

— Nous aurions pu ne pas nous charger de ces élèves ; mais outre que plus les difficultés sont grandes, plus nous avons de courage pour les vaincre ; le terrain, pour être rude à défricher, n'est pas ingrat, tant s'en faut ; ils sont intelligents, le tout est de savoir les prendre. Si vous réussissez, cela vous fera grand honneur.

— J'y tâcherai, monsieur, dit Henri simplement.

En effet, on ne l'avait pas trompé : les trois jeunes gens confiés à ses soins, et qui lui étaient particulièrement recommandés, non-seulement à cause des difficultés que présentait leur éducation, mais encore parce qu'ils devaient passer leur baccalauréat dans deux mois, étaient malaisés à gouverner. Henri put s'en convaincre dès la première leçon.

Dès lors, il s'attacha singulièrement lui-même à accomplir cette tâche, que tant d'autres avaient abandonnée ; il voulut faire rendre à cette nature abrupte, reflet du soleil tropical, tout ce qu'elle pouvait donner.

Dans ses longs voyages, il avait fait séjour plusieurs fois aux colonies. Les habitants et le caractère général du pays lui étaient connus. Il se servit de cette connaissance des mœurs pour en arriver à ses fins. Il alla trouver le proviseur du collège et lui dit :

— Vous me confiez ces trois jeunes gens pour en faire des bacheliers ?

17.

— Oui, monsieur.

— Eh bien, j'en fais mon affaire; mais j'emploierai, pour les obliger à travaillre, tel moyen qu'il me plaira?

— A votre aise, je vous donne carte blanche.

— Ne soyez donc pas étonné si parfois ma méthode vous semble quelque peu en dehors des règles ordinaires; pour amener un résultat devant lequel mes prédécesseurs ont échoué, je m'écarterai peut-être du mécanisme traditionnel, qui a été leur pierre d'achoppement. Moi, je veux arriver.

— Marchez.

La première fois qu'ils virent leur nouveau professeur de mathématiques, les trois jeunes gens s'étonnèrent un peu de trouver en lui quelque chose qui différait de la tenue pédantesque du *magister*. Henri s'était présenté à eux avec l'aisance d'un homme du monde, ils ne le supposèrent pas fort, et leur mutinerie s'accrut du peu d'importance qu'ils lui attribuèrent.

Ainsi, au lieu d'écouter ses enseignements, les turbulents élèves décrochaient des fleurets et faisaient des armes, interrompant la leçon par des exclamations et des appels qui faisaient trembler le parquet.

Henri les regarda faire, puis, d'un air parfaitement tranquille :

— Pardon, messieurs ; je vous ferai observer que nous sommes ici, non pour faire des armes, mais pour faire des mathématiques.

— Cela nous embête, et nous ne savons pourquoi on veut nous faire apprendre quelque chose qui nous casse la tête et dont nous n'avons pas besoin. Nous sommes riches, et cela nous dispense de tout ce bagage inutile qu'on appelle le savoir.

— Je crois que vous vous trompez, la science n'est jamais inutile.

— Allons donc ! vous nous la baillez belle. Nos ancêtres savaient à peine lire. Est ce qu'au moyen âge les gens qui se respectaient s'occupaient de ces vilenies ? ils laissaient un tel soin à leurs chapelains.

— Oui, mais nous ne sommes plus au moyen âge, et il n'y a plus de chapelains.

— Eh bien, nous les ferons revenir. Une ! deux ! A toi, Victor !

— Permettez...

— Quoi ! nous vous payerons vos cachets ; que demandez-vous de plus ? Nous vous les payerons doubles si vous voulez ; nous avons assez d'argent pour cela; mais faites-nous grâce de votre morale.

— Messieurs, la fortune est fugitive; moi aussi j'ai été riche.

— Douze cents livres de rente !

— Mangées avec une actrice de Bobino?

— J'en ai perdu autant durant la traversée de Saint-Pierre au Havre. A ton tour, Jules, pare cette botte !

Henri se mit à sourire ironiquement.

— Enfants ! dit-il à demi-voix.

— Vous dites?

— Je vous demande la racine carrée de 4.

— Ah çà, nous prenez-vous pour des enfants, que vous nous adressez une semblable question?

— Un peu, surtout en vous regardant faire joujou avec les instruments que vous avez entre les mains. Et je suppose que si, en arithmétique, vous n'êtes pas plus forts qu'en escrime, nous avons du chemin à faire pour être reçus bacheliers.

Les deux jeunes gens rougirent et s'arrêtèrent.

— Prétendriez-vous, par hasard, nous prouver que nous ne savons pas tenir un fleuret?

— Cela n'est pas bien difficile.

— Savez-vous que nous sommes des meilleurs élèves de Marcinat, disciple de Saint-Georges, et le plus habile tireur de tout le golfe du Mexique?

— Je le connais avant vous, mais cela ne prouve rien.

— Ah! par exemple. Voyons, monsieur le professeur. Je serais curieux, dit le plus âgé, de voir si vous maniez aussi bien une lame que vous savez être ironique?

— Ce n'est pas de l'ironie que je fais, c'est une vérité que je dis.

— Allons, venez donner une leçon.

— Non pas, je suis professeur de mathématiques.

— Ah! ah! ah! le vantard!

— C'est une erreur. Cependant je vais vous proposer un marché.

— Lequel?

— Si je vous prouve que je suis plus adroit que vous l'épée à la main, vous travaillerez assidûment; si vous êtes plus fort ou de force égale, je m'engage à me retirer sur-le-champ.

— C'est cela.

— Vous promettez?

— Nous promettons sur notre parole.

— Allons, dans ce cas, je suis à vous.

Henri se leva lentement, retira sa redingote, prit un fleuret, que l'un des jeunes gens lui tendit, tomba en garde, et, en deux passes, désarma son vis-à-vis.

— Ah ! bien, pas mal ; mais je veux ma revanche.

— Volontiers.

Cette fois Henri boutonna trois fois de suite le jeune élève et le désarma encore, en lui disant :

— Est-ce prouvé ?

— Bravo ! bravo ! Nous sommes à vous ! Mais vous nous montrerez ce coup-là ?

— Si je suis content de vous, oui, je vous montrerai ce coup-là.

A partir de ce moment les jeunes gens subjugués tinrent leur parole, travaillèrent avec assiduité pendant quelques jours, et firent de rapides progrès. Henri, pour ne pas trop les fatiguer, leur donnait de temps à autres quelques leçons d'escrime ; mais l'aridité de la science algébrique les rebutait ; ils ne firent plus d'armes, ils apportèrent un beau jour dans leur chambre une trompe dont ils faisaient sortir des hallalis furieux et parfois un peu faux.

Ce fut un nouveau sujet d'altercation entre le maître et les élèves.

— Messieurs, messieurs, vous ne serez pas reçus, nous ne travaillons pas.

— Eh bien ! quand nous ne serions pas reçus, qu'est-ce que cela nous fait ?

— Ce que vous dites n'est pas charitable. Si vous
ne travaillez pas, savez-vous quelles conséquences
cela peut avoir ? on dira que c'est moins de votre
faute, que de la mienne. Je me suis engagé pour
vous ; si on vous refuse à l'examen, moi, je perds
ma place.

— Allons donc !

— C'est ainsi. Voyons, encore un effort ; n'auriez-
vous ni courage ni cœur ?

— Vous ne le croyez pas ?

— Eh bien, si ce n'est pour vous, pour vos familles que vous travaillez, faites-le pour votre professeur, ou bien jugez-en mieux que cela.

Et embauchant la trompe, Henri lança dans les
airs l'attaque du sanglier avec la vigueur et l'aplomb
d'un veneur consommé. Les jeunes gens se regardèrent en secouant la tête.

Deux fois ce garçon, qu'ils croyaient terrasser
comme les autres par leur force d'inertie et leur
supériorité de manières, leur avait prouvé leur
inexpérience, deux fois il leur avait montré que,
s'il avait moins d'argent, il avait plus de noblesse et
de distinction.

Il fallait donc céder à cet enragé professeur qui

les faisait travailler en leur montrant l'escrime et la trompe.

C'est ce qu'ils firent.

Un dimanche soir, après avoir placé Henri, qu'ils avaient invité, sur un joli cheval anglais de cinq ans, la plus mauvaise bête qu'il eussent pu trouver, et avoir vu ce terrible cheval, après une lutte acharnée d'une heure, plier la tête et obéir comme un mouton aux ordres du cavalier, ils lui demandèrent son amitié et lui promirent leur travail.

Henri accepta l'échange avec reconnaissance : le travail ne lui manqua pas.

Deux mois après cette scène, ils étaient reçus.

J'ai mangé dernièrement, chez Henri, d'excellente confiture de goyaves et lu deux lettres qui venaient de ses trois élèves.

Ce soir-là Henri, qui n'avait pas mis le pied au café depuis plus d'un mois, se permit une réminiscence de cette distraction d'autrefois, et s'y installa jusqu'à près de minuit.

Il sortit du café pour aller prendre le repos qui lui était nécessaire, et il longeait la rue Mazarine, l'esprit léger et le cœur joyeux.

Près de trois mois s'étaient écoulés depuis que nous l'avons vu *si bas percé*, pour nous servir d'une

expression populaire, image fidèle de sa situation.
Durant ces trois mois, une transformation totale s'était opérée en lui : le travail en avait fait un tout
autre homme. Lui qui, s'il l'eût voulu, aurait pu,
bien que son conseil durât toujours, jouir de l'aisance que procure la fortune, éprouvait une satisfaction réelle de voir que sa position secondaire lui
donnait des jouissances solides et le mettait au-dessus du besoin, il trouvait quelque chose d'original
dans cette vie qui allait à son caractère. La tante
Marguerite l'avait découvert à force de recherches,
et avait tenté d'opérer un raccommodement entre lui
et sa mère ; mais il avait répondu :

— Ce n'est plus maintenant une question d'amour-
propre entre moi et madame de Simeuse. Je recon-
nais, ma chère tante, tout ce qu'avait de maternel la
mesure que ma mère a jugé à propos de prendre
pour conserver ma fortune. Je commence à en comprendre la nécessité ; mais je ne suis pas encore assez fort, assez sûr de moi. Il vaut mieux que je reste
encore comme je suis ; j'irai jusqu'au bout. D'ailleurs, je ne me sens pas malheureux, au contraire,
et j'ai quelques élèves qui ont encore besoin de moi.
Vous verrez que les leçons que je donne me profite-
ront à moi aussi.

Et la tante Marguerite avait compris, dans son bon sens, qu'Henri pouvait bien avoir raison ; elle l'avait donc laissé en lui faisant promettre toutefois de l'aller voir de temps en temps.

Henri voyait souvent aussi celui qui l'avait sauvé si à propos, en le secourant de sa bourse et de ses conseils. Il avait pu lui rendre déjà une partie de la somme avancée. Son vestiaire s'était regarni ; mais il n'avait pas pour cela quitté sa modeste chambre, où, seulement, il y avait du feu dans l'âtre quand il faisait froid, et dont le lit était chaque jour soigneusement tourné par le fidèle Jean, le portier-garçon d'hôtel, dont il a déjà été parlé.

Quant à l'hôtesse, elle faisait maintenant les doux yeux à mon ami Henri, qui continuait à être rebelle à ses agaceries mercantiles.

Nous avons dit qu'Henri remontait la rue Mazarine ; il était minuit, l'air était frais, et il s'enveloppait dans son paletot pour se garantir des raffales du vent du nord qui lui soufflait dans le dos.

Il était content de lui, il se sentait heureux. Sa montre, cette fameuse montre dont nous avons parlé au commencement de cette histoire, était de nouveau accrochée à l'une des boutonnières de son gilet, mais non encore ornementée de la pièce de vingt sous en question, à laquelle cependant nous allons arriver tout à l'heure. Il ne lui manquait rien, puisqu'il est bien vrai que, tandis que dans une de ses poches il entendait les pulsations de sa montre, dans l'autre une pièce de cent sous et une d'un franc faisaient entendre leur joyeux din ! din !

C'était toute sa fortune pour le présent; mais demain, ne devait-il pas toucher la prime qui lui avait été promise dans le cas où ses élèves sortiraient vainqueurs du concours !

La rue était sombre et déserte ; on n'entendait que le pas pressé et retentissant, sur le pavé sonore, des passants attardés qui regagnaient leur demeure ; puis au loin le bruit des voitures ayant hâte de se remiser, aussi bien contenant que contenu, menant que menés.

Arrivé au coin de la rue Guénégaud, Henri fut distrait de la préoccupation où l'avaient jeté ses pensées, par le bruit de sanglots qui se firent entendre à côté de lui; il releva la tête et chercha d'où venaient ces plaintes.

Il aperçut, au bout d'un instant, une forme noire appuyée contre une borne, et se détachant en saillie sur la teinte grise de la muraille.

Henri s'approcha vivement et reconnut que c'était une femme dont les pleurs avaient attiré son attention.

Évidemment c'était une mendiante.

Henri tira de sa poche sa pièce de vingt sous, la mit dans la main de la pauvresse, et se retira.

Il n'avait pas fait trois pas que l'écho d'une supplication le fit retourner en arrière.

— Voyons, qu'avez-vous pour vous désoler ainsi ?

— Hélas ! monsieur, je suis sans asile, sans pain, je n'ai pas mangé depuis hier. Vous m'avez fait l'aumône ; mais on m'a dit que si j'étais prise par les sergents de ville on me mettrait en prison, à Saint-Lazare, avec des femmes de mauvaise vie, et moi je ne voudrais pas aller en prison.

Henri avait pu voir, au reflet d'un rayon du bec de gaz, placé au-dessus de sa tête, que celle qui lui parlait ainsi était encore une enfant ; il s'intéressait à cette misère, et d'ailleurs, trop peu de temps s'était passé depuis que lui-même s'était trouvé aux prises avec le besoin, pour que ces mots : — Sans pain ! — ne le touchassent point profondément.

— Mais, mon enfant, vous n'avez donc pas de parents ?

— Mon père et ma mère sont morts, monsieur. Mon père, tailleur de pierres, a été écrasé par la chute d'une charpente énorme dans le bâtiment où il travaillait, nous laissant, ma mère, mon jeune frère et moi, dans la plus grande détresse. Ma pauvre mère, déjà malade, épuisa ses dernières forces dans un travail qui ne pouvait suffire à notre existence, et, il y a trois jours, elle est allée rejoindre notre malheureux père dans la fosse commune, où l'on jette les pauvres gens. Notre propriétaire a gardé, pour payer ses loyers, le lit sur lequel nous sommes nés, où nous avons vu mourir nos parents ; puis, sans pitié pour les orphelins, il nous a jetés à la porte, et, depuis hier, nous errons dans les rues de Paris ; ce matin mon petit frère a été arrêté par les agents de police, et maintenant je suis seule, en attendant que l'on en fasse autant de moi.

Cette histoire pouvait n'être pas vraie ; mais Henri n'y mit pas tant de réflexion. Il prit la main de la jeune fille, et, passant cette main sous son bras, il entraînait l'enfant en lui disant :

— Venez avec moi.

Il la conduisit ainsi, sans échanger une parole, jusqu'à son hôtel, la fit monter dans sa chambre, l'installa et redescendit aussitôt.

— Jean ! fit-il en réveillant le concierge, Jean ! mon ami, faites-moi le plaisir d'aller me chercher,

n'importe où, un poulet et un bouillon, dépêchez-
vous ; et du vin, Jean !

Jean fut prêt en une minute et sortit tout courant.

Henri remonta auprès de la jeune fille, qui était
restée à la place où il l'avait laissée, c'est-à-dire
dans le fauteuil unique qui garnissait sa chambre,
et qu'il avait rapproché du foyer, qu'il avait préalablement allumé.

Il la regarda alors :

C'était une enfant, seize ans à peine, une fleur
que le vent d'orage avait terrassée ; sa figure mignonne, aux traits délicats et fins, était fatiguée et
pâle, un cercle bistré sous ses grands yeux bleus
annonçait des souffrances amères et de longues privations, au-dessus des forces de cet âge ; des teintes
bleuâtres, produites par le froid, tachetaient ses
joues amaigries ; sa petite bouche, entre les lèvres
rouges de laquelle on voyait ses petites dents blanches, était le seul endroit de sa figure où la couleur
de la vie fût restée ; car, à la voir immobile sur ce
fauteuil, sous les grosses larmes qui lui roulaient
sur le visage, on l'eût prise pour une statue de la
Douleur.

Ce spectacle était vraiment affligeant.

Jean revint bientôt, apportant sur un plateau

tout ce qui était nécessaire pour un souper impro-
visé : bouillon fumant, poulet froid, vin de Bordeaux.

Jean, la discrétion incarnée, n'eut pas l'air de
s'apercevoir de la présence de la jeune fille, et après
avoir demandé à Henri s'il n'avait plus besoin de
lui, ce à quoi Henri avait répondu négativement, il
s'apprêtait à se retirer.

— Ah! j'oubliais, dit Henri; Gustave est-il rentré?

— Oui, monsieur.

— C'est bien, mon ami, vous pouvez maintenant
aller vous coucher.

Henri s'approcha de nouveau de l'enfant, l'amena
à la table, s'assit à côté d'elle, et fut presque obligé
de la faire manger.

Quant son appétit se trouva rassasié, alors seulement la jeune fille parut s'apercevoir du lieu où
elle était; une terreur pudique vint colorer son
front, elle se leva :

— Que faites-vous? lui dit Henri.

— Vous m'avez donné à manger, j'avais faim,
soyez béni, dit-elle; et d'une voix craintive, elle
ajouta : — Maintenant, je m'en vais.

Henri la regarda de deux yeux étonnés.

— Où!!!

Mon ami Henri n'a pas, dans les formes du moins, les mignardises de sentiment d'une petite maîtresse, mais, dans la brusquerie de cette simple interjection, il y avait autant de sollicitude charitable que dans n'importe quelle formule d'obligeance.

Aussi la jeune fille ne sut que répondre, et baissa la tête de nouveau.

— Voyons, continua Henri, vous serez ici chez vous pour cette nuit; demain, nous aviserons.

L'enfant regarda le jeune homme d'un œil qui semblait l'interroger.

— Oui, je comprends, mais soyez sans inquiétude, moi, je vais aller demander l'hospitalité à mon ami Gustave, mon voisin de dessous. Tenez, dit-il en retirant la clef de la serrure et en la remettant à la jeune fille, vous voilà maîtresse absolue; je vous souhaite le bonsoir; demain je viendrai savoir comment vous aurez passé la nuit.

Et sans attendre de réponse il descendit quatre à quatre les escaliers, et entra chez son ami Gustave.

Le lendemain, vers dix heures, il remonta chez lui, il n'y avait pas de clef dans la serrure.

Il écouta et entendit du bruit, il frappa doucement, le bruit s'arrêta, mais on n'ouvrit pas.

Il refrappa, mais cette fois en disant :

— C'est moi.

La porte s'ouvrit aussitôt.

Le lit était fait, la chambre balayée, tout était dans un ordre parfait; et n'eût été certains détails dans lesquels il était facile de reconnaître que les soins d'une femme avaient passé par là, on eût pu croire que la chambre n'avait pas été habitée cette nuit-là.

Henri vit tout cela d'un coup d'œil, et en outre, il aperçut la pièce de vingt sous de la veille, posée bien en vue sur le coin de la cheminée.

— Avez-vous bien dormi? demanda-t-il.

— Aussi bien que je l'ai pu, répondit-elle.

— Allons, tant mieux.

— Maintenant... allait continuer la jeune fille.

— Maintenant, vous allez rester là, je vais vous envoyer une marchande à la toilette, et en attendant mieux, vous choisirez un vêtement plus convenable.

— Oh! monsieur...

— Vous comprenez, mon enfant, que ce n'est pas pour vous humilier; mais mon portier ne doit pas vous voir sortir de chez moi dans une tenue comme la vôtre. Cela serait capable de me causer du tort.

18

Ce n'était pas sans raison qu'Henri parlait ainsi. La pauvre fille n'avait pour tout vêtement qu'une petite robe d'indienne, qui évidemment avait passé par la teinture pour arriver au noir, c'était là son deuil ; mais cette robe était dans un pitoyable état de vétusté, et mainte couture la reprisait à plusieurs endroits ; on comprenait qu'elle ne se tenait sur le corps que par un chef-d'œuvre d'équilibre et d'adresse.

Cependant, Henri était résolu à ne pas abandonner cette jeune fille, il avait prié son ami Gustave de prendre des renseignements sur la vérité de ce qu'elle lui avait raconté, et selon ce qui résulterait de cette enquête, il ferait des sacrifices pour l'aider, ou s'en tiendrait là. L'idée d'une bonne action le stimulait, il irait jusqu'au bout.

Il revint, escorté d'une marchande à la toilette, et laissa les deux femmes s'entendre entre elles pour renouveler de pied en cap la garderobe de Léonie.

Puis il descendit chez son ami Gustave, en attendant que l'opération fût terminée.

Ce dernier ne tarda pas à rentrer ; il s'était assuré que le récit des désastres qui avait assailli la jeune fille et sa famille était vrai de tous points, et que rien ne méritait plus d'intérêt que de tels malheurs.

— C'est bien, merci, mon ami ; voilà tout ce que je voulais savoir.

— Ah çà ! veux-tu me dire pourquoi tu m'as fait faire cette course ?

— Tout à l'heure tu verras la jeune fille dont il est question.

— Ah ! bah !

— Oui, elle a couché chez moi cette nuit.

— Et toi ici ! — Oh ! Joseph ! vous n'êtes qu'un polisson, auprès de mon ami Henri.

Une heure après, Henri, Gustave et Léonie déjeunaient tous trois à la même table.

Le lendemain, Henri avait loué dans la maison une petite chambre dans laquelle il installait Léonie, et huit jours après, la jeune fille avait du travail, grâce aux soins de ses deux amis.

Henri ne s'en était pas tenu là : après avoir pourvu aux besoins matériels, il voulut y joindre la satisfaction des désirs du cœur. Au moyen de protections puissantes il parvint à obtenir le jeune frère de Léonie, le lui amena, et le fit entrer dans une école élémentaire, se chargeant pour l'avenir de lui procurer un métier.

Ils passèrent ainsi dans une douce intimité une année tout entière ; la jeune fille était devenue indispensable à l'hôtel, tous les locataires l'aimaient et l'entouraient de mille prévenances, que lui valaient les petits soins qu'elle savait heureusement distribuer; mais c'était surtout pour Henri, qui s'était singulièrement attaché à sa protégée, que Léonie avait de visibles préférences; cependant il y avait plus que de la reconnaissance dans ces manifestations; c'était du bonheur.

Pourtant rien que de fraternel dans leurs relations. Certes, Henri aurait pu facilement faire sa maîtresse de la jeune fille, mais il n'y avait pas même songé, et d'ailleurs, il lui eût répugné de gâter la satisfaction qu'il avait ressentie de sa bonne action.

Et puis c'était une enfant, il se complaisait dans le développement de cette jeune plante qu'il avait sauvée, et il aurait été désolé de se faire payer par un sacrifice semblable, et de bénéficier ainsi de l'ascendant moral que lui donnait sur Léonie le service qu'il lui avait rendu.

Aux approches de l'hiver elle tomba malade; cette frêle nature, accablée trop tôt de douleurs trop cuisantes, était frappée au cœur.

C'est en vain qu'Henri lui prodigua les soins les plus assidus, c'est en vain que les plus célèbres médecins furent appelés autour de ce chevet de douleur, l'arrêt était porté, la mort avait lentement, sourdement accompli son œuvre de destruction. Elle succomba.

Mais elle mourut presque heureuse, car durant les longues heures qu'Henri passait auprès de son amie malade, de bien douces causeries apaisèrent ses souffrances.

C'est pendant ces heures cruelles, disait-elle en rendant le dernier soupir, que j'ai ressenti un moment de bonheur réel; car Henri, que j'aimais de toutes les forces de mon âme, m'a avoué qu'il m'aimait aussi.

Lorsqu'Henri me raconta cette histoire, c'était le 2 novembre dernier, au pied d'une tombe, dans le cimetière du Père Lachaise, où il m'avait emmené.

— C'est là qu'elle repose, me dit-il, et c'est là que, depuis sept années, je viens régulièrement à pareil jour, déposer l'offrande de mon souvenir sur la pierre qui la recouvre. Oh! oui, je l'ai aimée, bien aimée! et je ne me suis aperçu de cet amour que quand il ne s'adressait plus qu'à un cadavre.

— Tenez, ajouta-t-il en décrochant sa montre de son gilet et en me la présentant; cette pièce de vingt sous que vous voyez là est tout ce qui me reste d'elle.

18.

C'est la même que je lui avais donnée le soir où je la
rencontrai rue Guénégaud; elle l'avait gardée et la
portait toujours sur elle, attachée à son cou avec un
ruban, Je l'ai prise au moment où on allait l'ense-
velir, et à mon tour j'ai juré qu'elle ne me quitterait
jamais; c'est le plus cher de mes joyaux; je ne le
donnerais pas pour le diamant du grand mogol. —
Allons-nous-en, mon ami, me dit Henri; vous m'avez
fait souvenir de choses tristes, mais je ne vous
en veux pas; c'était, après tout, un temps heureux
pour moi.

Voilà ce que c'est que la pièce de vingt sous de
mon ami Henri; et si jamais vous la voyez sur lui, à
cause du souvenir qu'elle rappelle, ne la méprisez
plus. Beaucoup d'entre nous seraient heureux d'en
avoir autant dans leurs chroniques de jeunesse.

Maintenant si vous voulez savoir ce qu'est devenu
mon ami Henri, je vais vous le dire.

Vous connaissez son histoire avec Fanny; ç'a été
la dernière qui ait eu de l'influence sur sa vie. Il est
rentré dans le monde, où sa place était depuis longtemps marquée, qu'il avait désertée comme vous savez, et il y est rentré avec les saines idées puisées à
l'époque où, simple répétiteur au collège Sainte-
Barbe, il vivait du modique produit de son travail,

et trouvait encore moyen d'être utile aux autres.

Aujourd'hui il a trente-trois ans, et est revenu à tout jamais de ses écarts et de ses folies premières. On le rencontre quelquefois aux foyers des principaux théâtres de Paris ; souvent aux Champs-Élysées et au bois ; toujours admirablement monté en chevaux de sang. Et, chasseur intrépide, il se garderait bien de manquer une ouverture.

FIN

Paris.—Typ. de Mᵐᵉ Vᵉ Dondey-Dupré, rue St-Louis, 46, au Marais.

TABLE.

—

www.ingramcontent.com/pod-product-compliance
Lightning Source LLC
Chambersburg PA
CBHW050159030726
47505CB00005B/1437